指先に薔薇のくちびる

坂井朱生

幻冬舎ルチル文庫

CONTENTS ✦目次✦

指先に薔薇のくちびる

✦カバーデザイン＝小菅ひとみ（CoCo.Design）
✦ブックデザイン＝まるか工房

イラスト・サマミヤアカザ✦

指先に薔薇のくちびる

楡井《にれい》桐也《きりや》は子どものころから健康で、風邪で寝こんだ経験すらほとんどない。無理を押して動くような気質でもないから、可能なかぎり睡眠時間もきっちりとっていて、疲労の蓄積などもない。

あまり大きな声では言えないが、ストレスらしきものがたまった覚えすらなかった。なにかにつけ諦《あきら》めがよく、というより期待だとか熱意だとかいうものとは無縁で生きてきた。たいていのことは、こんなものだろうとため息の一つもついてすませてしまうから、ストレスなどたまりようもない。

その桐也が、一週間も入院するはめになった。原因は事故だ。車に撥《は》ねられ、数カ所の切り傷と打撲を負った。

怪我《けが》はそれほどひどくなかったが、転倒した際に頭を打った。桐也は一人暮らしなので、万一の急変に備えて一晩くらい泊まっていけという話だった。

それが一週間まで延びたのは、ひとえに事故の『関係者』が、心配だからどうしてもと譲らなかったためだ。

与えられた特別室の居心地はまるでホテル並で、食事も桐也のために特別なメニューが用意されるというVIP待遇だ。ただ寝ているかせいぜい院内を散歩するしかできることはなかったが、テレビもあったし雑誌のさしいれももらった。そもそも一人きりの退屈には慣れている。正直なところ、入院生活は快適すぎるほどだった。

(明日からは、普通の生活か)

退院のために荷物を片づけた桐也の顔に、ふっと苦笑が浮かぶ。

こんな快適な生活が続いたら、そのうち駄目になりそうだ。危惧《きぐ》さえ抱《いだ》いていたから、いざ退院となるとほっとするやら残念なような、複雑な気分だった。

ノックの音がした。どうぞと応《こた》えたのとほぼ同時に、スライド式のドアが開く。

「キリヤ、そろそろ支度はすんだかな」

顔をだしたのは金の髪に青い瞳の男だ。すらりとした長身に細身のスーツを纏《まと》い、ゆったりとした足どりで桐也に近づいてくる。彼は桐也と目をあわせると、柔らかく笑んでみせた。

「キリヤ? どうかしたの」

軽く腰を屈《かが》め、心配げに覗《のぞ》きこんでくる彼の顔は目を瞠《みは》るほど美しい。何度会っていても、そのたび目を奪われる。スクリーンや雑誌のグラビアから抜けだしてきたような姿にはどうにも現実感がなくて、ついぼうっと見つめてしまう。

「ごめんなさい。支度はすんでます。荷物、ほとんどないですから」

不自然にならないように視線を外し、桐也は彼に応えた。クリストファー・エドワード、彼が桐也の入院を一週間まで延ばし、またこの病室を用意させた当人だ。

とんでもない財力と飛びぬけた美貌《びぼう》を持ち、流暢《りゅうちょう》な日本語を操る、桐也の勤め先のお得意様だった。

クリストファーがその場にいるだけで、周囲がぱっと明るくなる。口数は決して少なくないが騒がしいというほどでもなく、フットワークは軽いが物腰は優雅だ。

他人を揶揄《からか》うのが好きらしく桐也もたびたび標的にされているけれど、悪意はまったく感じられない。

「そう。じゃあ帰ろうか」

退院日には家まで送ると言われ、いったんは一人で帰れると断ったのに、まだ不安だからと強引に承知させられている。

クリストファーが強引なのにはもう慣れた。彼が強引にことを進めようとするとき、それが不快だったり面倒だったことは一度もなかったから、桐也もどうしてもと固辞しきれない。断りつづけているうちに、だんだん自分に呆《あき》れてしまうのだ。

桐也には貫きとおすほど強い我もない。彼にかぎらず、誰かがそうしたいというならまあいいか、とたいていは折れてしまえた。

「いろいろ、お世話になりました」

桐也はクリストファーに深々と頭をさげた。

「うん？」

「病室とか、入院費とか。甘えてしまってすみません」

「なに言ってるの。勝手に部屋を決めたのも入院を延ばさせたのも僕だよ。無理を頼んだんだから、それくらい当然だ。だいたい、怪我だって僕のせいだしね」

「それは――」

違う、と何度も言った。

仕事中、忘れものをした客を追いかけて路上に出たら、走ってきた車に撥ねられた。事故の内容はそんなところだが、どうも『事故』ではなかったらしい。

クリストファーや彼がよこしてくれた弁護士によると、彼を憎んでいる誰かが、彼を苦しめるために、桐也を狙《ねら》ってわざと起こした事故だという。忘れものをした客も、おそらくはその一味だという話だった。撥ねた車は、まだ見つかっていない。

彼はひどく責任を感じていて、桐也の怪我も過剰なくらいに心配している。

「キリヤの綺麗《きれい》な顔に傷が残らなくてよかったよ」

クリストファーに言われると、たちの悪い冗談としか思えない。

「かすり傷ばっかりでしたよ。打撲だって、湿布貼ればすむようなものです」

自分の顔など、傷くらい残ったところで困らない。典雅な美術品のようなクリストファーと比較したら、せいぜい子どもの玩具程度だ。

「君に傷でも残ったら、それを理由にプロポーズができたかな」

「だから、そういう冗談はやめてくださいって言いましたよ」

「冗談じゃなければいいんだろう？」

彼はくっと喉《のど》を鳴らし、愉快そうに目を細めた。

（まったく）

やめるつもりはまったくない、ということか。

店へ来る客としてクリストファーと知りあって以来、ことあるごとに食事や呑《の》みに誘われ、つきあわないかとも言われ、それらを毎回断りつづけている。

『男でも女でも、気にいればどっちでもいいんだ』

クリストファーの好みに、性別は関係ないらしい。彼のごく近いところに同性の恋人同士がいて、それも自然に受けいれていた。

桐也自身も、実のところ性別は気にしていない。もっといえば、誰かを強く好きになったことすらなかった。いいな、とは思うがせいぜいその程度で、そこから先へは動かない。

女性とはそれなりに関係があった。誘われて、というのと、なんとなくはじまった、というのが半々だ。

はっきりとつきあわないかと言われたこともあるし、出かけようとか買いものにつきあえと言われたりとかそんな誘いがそこそこあって、何度か行っているうちに気づいたらそんな雰囲気ができあがっていた、というパターンもある。

どんな状況や相手でも変わらないのは、桐也から積極的に動くことはまずないというのと、最後には必ず、相手が去っていくという終わりかただ。

去られるのには慣れている。けれど、必ず去られるのにはやはり自分に欠陥があるのだろうと思いしらされる。密度の濃い感情をぶつけられたことはないが、それなりに感じていた熱が醒《さ》め興味が外へ向いていくのを、じわじわと気づかされるのはきつい。

同じことをくり返して、わざわざ自分の傷を抉《えぐ》るのは莫迦《ばか》だ。しばらく、誰とも特別な関係になるつもりはない。

ただ、クリストファーの誘いを断りつづけているのは違う理由で、もう単純にクリストファーの誘いが口だけだとわかっているからだ。これが困る。揶揄われているのに真面目に返すのも変だし、かといって気の利いた言葉など考えつかない。

(いい人なんだけどな)

綺麗で親切で、話していて楽しい。揶揄うのさえやめてくれたら、もっといいのにと思う。

「ねえ、キリヤ。やっぱり一人にしておくのは心配なんだ。しばらくでいいから、僕のところに来る気はない?」

「とんでもない」

クリストファーは、市内どころか国内でも有数の高級ホテルに長逗留《ながとうりゅう》している。数年は日本に滞在するという話だが、滞在中はずっと、ホテル住まいでいるらしい。

しかも、彼の部屋は最上階のスイートルームだ。

「自分の部屋があるのに、どうして他に泊まらなきゃならないんです？」

「キリヤを一人にするのが心配だからだよ」

「もう大丈夫だって言ったでしょう。退院だってとっくに許可されてます」

「僕と一緒なのが嫌だっていうなら、他に部屋を用意させるよ」

「そういう問題じゃありません。必要がないだけです」

巻きこんだ負い目があるというので、入院日数や費用については彼に甘えた。けれど、甘えられるのはそこまでだ。いくら桐也がものごとに頓着《とんちゃく》しないたちだとしても、これ以上は許容範囲を超えてしまう。

だいたい、一週間の入院自体が必要ではなくて、桐也にとっては降ってわいたリフレッシュ休暇のようなものだったのだ。

職場への事情説明にもクリストファーが手配した弁護士があたってくれたおかげで、ゆっくり休めと伝言をもらえた。

とりたてて仕事が好きだとか熱心だとかではないけれど、そろそろ仕事をはじめないと、頭も身体《からだ》も元に戻せなくなってしまう。桐也は、働かずにいられるような身分ではないのだ。

家へ戻ったら、長く休んだ詫《わ》びと明日から出勤できることを、職場に伝えなくてはならない。

「残念だけど、断られるとはわかっていたよ。しかたないね。それと事故の処理については、うちの者に任せておいて。絶対に君に迷惑はかけさせないし悪いようにはしない」

「そちらは、お任せします。俺にはよくわかりませんから」

「うん。ありがとう」

どうして自分が狙われたのか、桐也には未だによくわからない。

この土地には、クリストファーに近しい人間が他にいないからだろうというのが、彼や彼の友人の見解だ。そして当人には、どこへ行くにも有能な護衛がついている。

（近しいって言っても、店のお客さんっていうだけなんだけどな）

以前、クリストファーに招かれ、新しくできたホテルのパーティーに出たりなどしたから、たまたま目についたのかもしれない。

狙われた原因にも犯人にも興味はない。あとをひく怪我ではなかったし、そもそも桐也は怒りのような感情も、たいして持続しないのだ。

クリストファーが事故を起こしたのでもないから、彼が謝る必要はない。怪我をさせたお詫びだといってずいぶん丁重に扱われてしまい、却《かえ》って困惑するばかりだ。

「クリスさんがいいようにしてください。俺のことは気にしなくていいです」

「当事者は君だよ？　相手に――って、巻きこんだ僕にもだけど腹はたたないの」

問われて、桐也はどうだったかと少し考えた。やはり、そういう感情はない。

「撥ねられた瞬間は痛くてそれどころじゃなかったですし、病院に来てからはたいしたことなくてよかったな、としか」

誰ともわからない相手に、そう長く腹をたててもいられない。ひどい怪我を負ったとか、仕事がまずくなるなら困るけれど、結局、暢気《のんき》に休んでいただけで、これでは腹のたてようもない。

どんな理由でか知らないが、恨まれるクリストファーが大変だなと同情するくらいだ。

「さっぱりしてるねえ」

「そうですか？」

首を傾《かし》げた桐也に、クリストファーが困ったような笑みを浮かべる。

病院の外は、眩《まぶ》しいくらい晴れわたっていた。

＊　＊　＊

八月に入り、本格的に夏のバカンスシーズンが到来した。市内は観光客で賑《にぎ》わい、ベイエリアにある桐也の店もそこそこに忙しい。

桐也は雑貨や衣類などを置く、いわゆるセレクトショップの雇われ店長だ。国内外から集められた商材の他に、桐也がつくった銀細工も店の片隅に置いている。

「ありがとうございました」

独特の柔らかい笑みを浮かべ、桐也は閉店まえぎりぎりに来た客を見送った。二十代なかばほどのカップルで、これから近くの店で食事をしてカジノへ行くらしい。

街の主たる観光資源はカジノだ。十年まえ、国内ではじめてこの市内だけに設立を許可され、以来、市内は急激な発展を続けている。

もとは漁業や農業が中心の長閑《のどか》な街だったというが、少なくともきらびやかな中心部にその名残は感じられない。

比較的安全で清潔、地ものをふんだんに使った料理も美味《おい》しく、港や空港も整備されたことで、あやぶまれた客足も順当に増えているようだ。

市街地や駅周辺には居酒屋やコーヒーショップなど若向けで気軽に入れる店もたくさんあるが、ベイエリアの主力客層はカジノめあての富裕層や海外からの観光客、それに再開発絡みでこの街へ越してきた人々が大半だ。

今日は時間どおりで終われそうだな。

週の半ばで、明日は休みだ。どうせ予定などないし、少しくらい残業してもかまわないという日にかぎって、きっちり終われてしまう。

閉店は午後七時となっているが、夕方から夜にかけては人通りが多く、決められた時間で閉められる確率はほぼ半々だ。きっちり閉店したいなら、『CLOSED』の札をさげてしまえばいい。わかってはいても、店内に人がいるあいだはまるで急《せ》かすようで気がひける。

とはいえ、とりたてて仕事熱心ではない。任されたから、失敗しないようこなしているだけだ。ほんの子どものころから、桐也にはなにかに夢中になったり没頭したり、そんな記憶はなかった。ものに対しても人に対してでも、それは同じだ。

ぼんやりした子だと嘆かれたそのまま、おとなになった。

「楽しそうだなあ」

浮きたった風景は見ているだけで楽しい。桐也は閉店作業をしながら、遅くなるごとに賑わっていく通りの様子を窓越しに眺める。

店のあるショッピングモールには洒落《しゃれ》たレストランやバー、ショップが建ちならんでいる。再開発で整備された港と同時につくられた新しいモールはきらびやかで、どこか現実感がない。急激な地価の高騰に、土地を手放してここを離れた住民も多く、今では半分が外来者に入れかわったという話だ。

桐也もそうしたよそ者の一人で、大学卒業後、しばらくしてここへ来た。

「――！　うわっ、なに？」

外から、派手な物音がした。続いて、なにか怒鳴っている声が聞こえる。

最初の音にはびくっとしたが、強張《こわば》った肩からすぐに力を抜く。

また、酔っぱらいみたいだな。

新しくて賑やか、華やいだ場所ではあるが、治安はそれほどよくはない。街の産業の中心がカジノなので、揉《も》めごとの種は尽きないのだ。

負けがこんで一文無しになっただとか、多額の借金を背負っただとか。そんな話はめずらしくなく、様々な理由で酔って暴れる輩《やから》などいくらもいる。

再開発に伴い、土地の奪いあいなども起きているとかで、桐也のような一般人には計りしれないようなトラブルもあるようだ。

(これさえなければ、いいところなんだけどな。まあ、しかたないか)

しばらく続いた怒鳴り声も、やがて静かになっていく。誰かが通報したか、その場で眠るかでもしたのだろう。

不意に、店のドアが開いた。ぼんやりともの思いに耽《ふけ》っていた桐也は、はっと我に返って入り口へ顔を向けた。

もう閉店したのですが、と言いかけた言葉は、一つもだせないまま喉の奥でとどまる。

「やあ、キリヤ」

入ってきたのはクリストファーだった。桐也の入院中、店の経営者はいつのまにかクリストファーに代わっていた。どうりで、あっさりと休んでいいと言われたはずだ。

「お疲れさまです」

この人はいつも涼しげにしている。桐也は彼の姿を眺めて思った。さすがにノータイだが夏だというのに淡いブルーのスーツ姿で、汗すら滲《にじ》ませた様子はない。日本の夏はつらいと始終こぼしているくせに、態度からはまったく暑さなど感じられなかった。

「外の揉めごと、巻きこまれませんでした？」

「ん？　ああ、僕は別に。いつもの連中が片づけにきていたよ」

観光にとってマイナスになるものは、極力排除するのがここの基本だ。問題が起きれば警察より早く、カジノ団体が雇っているパトロールが出てきて、すみやかにことを収めた。

ショッピングモールはカジノへの観光客や関係者たちが主たる収入源なので、あちらのトラブルが飛び火しても、そうそう抗議はできない。

そしてあちらはあちらで、観光客を呼びこむ『売り』は一つでも多いほうがいい。カジノで遊ぶ以外にも、このあたりでだしている食事や商品でお楽しみくださいと付加価値の一つにしているし、あまり問題が増えて地元の抗議が大きくなれば厄介《やっかい》だ。そのため、わざわざ人を雇いいれ、警備をしてくれている。

清潔さと安全を売りにするのは、なかなか大変、というところだろう。

「このあたりは、やっぱり夕方から夜のほうが人通りが多いね」

クリストファーはちらと窓の外へ視線を流して言った。

「夏休みのあいだは、学生さんたちも来るので昼間もそこそこ忙しいですけどね。まあ、客単価の高い店が多いですから」

クリストファーがはじめてこの店へ現れたとき、桐也は、てっきり彼もそうした観光客の一人だと思っていた。市内どころか国内でも有数の高級ホテルのスイートルームに長期滞在し、のんびりすごしていると言っていたのだ。

足繁く通われるうち、そこそこに親しく話をするようになった。なにかと揶揄われるのには閉口したが、いつもたくさん買ってくれるいいお客だったし、ここまで飛びぬけた美貌の主などそうそう拝めるものでもない。

彼が観光客などではなく、ここでカジノホテルを設立、経営するために現れたのだとわかったのは、車に撥ねられたあとだ。桐也の勤める店を買いとったのも、その一環だという。

あの事故自体が、クリストファーが得た土地に絡むものだった。

「もう少し、営業時間を延ばしますか？　俺はかまいませんよ」

桐也はどうせ暇だ。仕事以外、他にすることもない。問題は体力だけだが、一時間や二時間閉店を遅らせるくらいなら、たいした影響はないだろう。どうしてもつらいなら、開店時間を遅らせるという手もあった。

休みは定休日の月曜と他に週一日だ。桐也がいない日と忙しい土日祝日はアルバイトを頼み、それ以外はたいてい、桐也が一人で店にいる。

夏冬の繁忙期は定休日にも営業する。そのあいだ、桐也の休日も減るはずだったのだが、経営者がクリストファーに代わりきちんと休日をとるようにと指示されて、今はきっちり週に二日も休めている。

ここに知りあいはいないし、特別に趣味もない。休日は疲れをとるのと雑事を片づけるくらいにしか使いようがないから、桐也としては増えなくてもよかった。

けれど、身体を休ませるのも仕事のうちだ。店長である桐也に代わりはいない。臨時ならばともかく、倒れられて長期間いなくなられては困ると説得されては反論もできない。

そもそも待遇がよくなるのに抗《あらが》うというのも、おかしな話だった。

「営業時間？　いや、このままでいいよ。閉店がずれると、キリヤを食事に誘いにくくなるからね。というわけで、デートの誘いに来たんだ。今日はこのあと、予定はあるかな」

「デートじゃなくて、『打ちあわせ』でしょう？」

クリストファーが客であったころは軽く笑って断れたのだけれど、今では彼は桐也の雇い主だ。

「キリヤがそのほうがいいっていうなら、それで。僕は君と食事ができればそれでいい」

「プライベートでなら出かけませんよ」

「はいはい、わかりました。じゃあ打ちあわせにしよう。これはオーナー命令です。これでいいかな？」

「支度がありますから、もう少し待っていてください」

「うん、わかった」

食事の席を断れないのは、そこで本当に仕事の話をするからだ。

立場を利用して食事を共にしろと強要されてはいない。美貌と財力、事業者としての地位もあるクリストファーは、たかが雇われ店長にすぎない桐也にそんな無理じいをするほど、つきあわせる相手に不自由しないだろう。

彼が店の経営者になってしばらくあとのことだ。客であったときと同じように食事に誘われ、そのとき、いつもと同じように断った。

彼の反応も同じく、あっさりひきさがると思いこんでいたのに、違った。

『食事がてら、打ちあわせがしたいんだ。店の様子を話してくれないかな。日中はなかなかゆっくり時間がとれなくてね』

クリストファーに、少し困ったような表情で告げられた。桐也は勘違いした自分が恥ずかしくて顔もあげられないような状態だったが、「先に用件を言っておかなくてごめん」と謝られては、行きますと答えるしかなかった。

そして実際、食事をしながら仕事の話をしたのだ。店の状況や売れ筋、客層を訊《たず》ねられ、今後について桐也の意見を求められもした。

仕事ならば、断る理由はない。クリストファーに連れられて行くレストランは、桐也一人ではとても入れないような高級店ばかりだし、そうでない気軽な店であっても、彼は、事前に自分の好きな材料を仕入れさせ、好物をつくらせたりする。

食べるものなど腹が満たされればそれでよかったが、美味しい食事ができるならそれはそれで嬉しい。

なによりクリストファーは桐也を口説こうとさえしなければ、一緒にいて楽しい人だ。平凡を絵に描いたような桐也の生活で、なにもかもが特別仕立てなクリストファーのような人と知りあったりあまつさえ親しく話すなど、もう二度とないだろう。

この機会をできるだけ楽しんでいたい。それが本音だ。

クリストファーに連れられて出かけたのは、彼の泊まるティレニアホテルにあるレストランだ。店に着くやいなやボーイが飛んできて、すぐに特別室へ案内される。最上階を独占しつづけている男への扱いは、さすがにひどく丁重だ。

クリストファーに常に影のようにつきそっているボディガードたちは個室には入らず、中に通されたのは二人だけだ。

本国でも指折りの大富豪の息子だという彼は、どこへ行くにも常に護衛を連れている。たとえ誘拐されても、彼の家は身代金を払わないのだという。身を守るための手段として、選りすぐりの護衛を何人も雇いいれ、日本にも同行させていた。

「気になるかい？」

奥へ通される際、ついふり返りボディガードたちを見てしまった桐也に、クリストファーが小さく笑った。

ふだんは、ボディガードの存在が気になることはめったにない。少なくとも桐也といるとき、店の中へはほとんど姿を現さないからだ。

「すみません」

「キリヤの反応は普通だから、謝る必要はないよ」

彼の本国とは遠く離れた日本でごく平凡に育った桐也には、誘拐だの護衛だのという単語にピンとこず、頭では理解していても実際に目にしてしまうと、やはり異様に映る。

「あれらは僕にとって洋服みたいなものでね」

「洋服、ですか？」

「そう。服を着ないで外へ出る莫迦はいないだろう？」

「はあ」

ここでは本国とは違い、それほど危険はないのだという。クリストファーの出自も、ほとんどの人間は知らないままだ。それでも油断して痛い目に遭いたくはないからと、防犯態勢は崩さない。

「でも、僕のガードが固すぎたせいで、キリヤに迷惑をかけてしまったね」

「またその話ですか？　すんだことはもういいって、何度も言いましたよ」

桐也が車に撥ねられたのを、クリストファーは未だに気にしている。

「こっちを襲いやすいように隙をつくって呼びよせるって手もあったんだ。そりゃあ、いつまでも後悔はするさ」

「たいした怪我もなかったんだから、いいじゃないですか」

「それは結果論だよ」

市内の大地主が持っていた広大な土地を、大勢が狙っていた。それをあとから現れたクリストファーと彼の共同経営者が買いとってしまったため、恨みを買った、という話だ。

「転売すればとんでもない金額が手に入るからね。他の連中にしてみれば、今まで頑張ってきたのに僕らが横から掠《かす》めとったように思えるんだろう」

恨まれる筋合いはないがよくある話だろうと、クリストファーは言った。

「君に被害が及んだのは、単に僕らへの恨みというだけじゃなく、周りをじわじわと攻めていって僕らが音をあげて土地を手放すというのも目論《もくろ》んでいたようだね」

「手にはいらないものは諦めてしまえば楽なのに」

桐也はずっとそうしてきた。得られないものはしかたがない。羨《うらや》むより諦めるほうがずっと楽だ。

子どものころから、自分がいかにつまらない人間なのかずっと思いしらされてきた。いつも桐也は大勢の中の一人でしかなく、できることといえばせいぜいおとなしくして誰の邪魔にもならず、愛想よくして周りを不愉快にさせない、その程度だった。

「諦めきれないこともあるんだろう。僕には理解できないけどね」

「クリスさんにも、なにかを諦めるなんてあるんですか？」

なにもかもに恵まれた、太陽に照らされつづけているような人だ。諦めるなんて言葉とは無縁な気がする。

訊ねると、クリストファーは表情を崩し、にやりと笑った。

「めったにない。たいていのものは手にはいるからね」

「ですよね」

豪語する彼に呆れはするが、当然だろうなとも思う。

桐也も彼についてはろくに知らない。単なる富豪の観光客ではないことも、つい最近まで知らなかった。他人には興味がなく、何者なのだと訊ねたこともないので、彼のごく近くにいる人たちから聞いた話や、彼自身が話す分だけだ。

とにかく桁《けた》外れの富豪だというのは、クリストファーの友人であり共同経営者である男に聞いた。買いあげた桐也の勤め先の店など、小遣い程度の出費らしい。

「どうしようもないものはあるよ」

クリストファーの声がふと低くなる。ごくかすかな変化だが、表情もどこか苦い。どうしたのだろうと見つめていると、彼はすぐにいつもの華やかな笑みを浮かべた。

「それはそうと、このところ暑くて、少し参ってるんだ。あっさりしたものをオーダーしてしまったけど、かまわないかな。キリヤの好みとも外れていないと思うけど、もし口にあわなかったら、遠慮なく言って」

「はい」

二度ほど一緒に食事をしただけで、クリストファーは驚くほどあっさりと桐也の好みを看破した。そして次の機会からは、店へ行くまえにすでにコースの注文がなされている。常に口にあわなければと言われるけれど、一度も苦手なものはでていない。

(苦手な食材だって、これだけ美味しかったら食べられるよなあ)

食材から徹底して吟味され、彼の目にかなう腕でつくりあげられた料理だ。

好きなものを選べとメニューを渡されても、正直困る。さぞ高いのだろうとつい、よけいなことを考えて決めるに決められず、促されて一皿をようやく選ぶというのがせいぜいだ。

そんな態度もあって、先に料理を注文されているのだろうなと、さすがに桐也自身も気づいていた。

「ここはだいぶすごしやすいですけど、それでもきついですか?」

桐也の店のあるベイエリアのあたりは、陽射しこそどこも同じで眩しく暑いが、海風が強いおかげで、さほどつらくない。

桐也自身、ここへ来るまえは海沿いの街はさぞ暑いだろうと覚悟していたのだが、以前暮らしていた都心部よりずっとすごしやすかった。あの、息づまるような籠《こ》もって蒸した熱気を感じないだけでも気分はまるで違ったし、夜ともなればさらにいい。

「かなりね。日本は大好きだけど、さすがに夏だけはどうにかならないかなって思うよ。夏だけはどこかへ逃げていようかって、本気で考えた」

　クリストファーが共同経営者とともに設立するカジノホテルは、すでに建設がはじまっている。来日してしばらく観光客を装っていたのは、土地を得るために必要な手段だったらしい。

「それよりキリヤ、その後具合はどう？　頭が痛くなったりしていないかな」

「もう大丈夫ですって、何度も言いましたよ」

「問題なければいいんだ。ただ、君は具合が悪くても僕には言ってくれない気がしてね」

「ちゃんと、なにかおかしかったらすぐに伝えるって約束もしたでしょう？」

　これも、何度も言った。

　聞いていないのでも忘れているのでもない。クリストファーは驚くほど人の話をよく聞いているし、憶《おぼ》えてもいる。要するに、桐也の言葉を信用していないのだ。

「この暑さだろう。傷がどうかなるんじゃないかと心配なんだよ」

「このくらい暑いうちに入りませんよ。夏にしてはすごしやすいです」

「そう？」

「実家は都内なんですが、そっちはもっとつらいですよ。歩いてるだけで溶けそうになります。湿気がすごいから汗がひかなくて、体温がさがらないんですよね」

毎年、何人も熱射病で倒れたという話がでるほどだ。家の中にいてさえ、暑さで亡くなる人もいる。

「それと、事故については、もうすんだことです。気にしないでください」

「君はそう言うけどね、僕は僕のせいだってわかってる。だから、ちょっと無理かな」

苦笑いで告げられると、またも幾度となく浮かんだ疑問が頭をよぎる。

「クリスさん、店を買ったのはやっぱり俺のためですか」

くだんの怪我で一週間入院し、自由になってみたら店の経営者が変わっていた。それまでの初老の経営者から、いつのまにかクリストファーの手に渡っていたのだ。

ずいぶん驚いたし、どうしてとも思った。もしや桐也に怪我をさせたせいかとも考えるのは、タイミングからして当然だろう。

一週間も仕事を休んでなんの問題もなかったどころか、待遇もよくなった。給料も休みも増えている。

けれど、彼は否定するのだ。

「お詫びの証《あかし》だとか君へのプレゼントだというなら、僕がオーナーになるなんてまどろっこしい手段は使わないで、店ごと君へ贈るよ。まえにも、そう話したよね」

「そうですけど」

「僕は道楽で仕事をしているけれど、これでも真剣に道楽に打ちこんでいるのでね。あの店が欲しかった、それだけだよ。キリヤの怪我は単なるきっかけだ」

桐也のいる店だけでなく、他にもいくつかベイエリアの店を買収している。あの店もいつか買おうと考えていて、あの時期に買えば、桐也も憂いなく休めるからというだけのこと。予定を少し早めただけだと、クリストファーは言う。

「どうして、店を買ったりしたんです？」

クリストファーが経営するのはカジノホテルで、ショッピングモールとは直接、関係がないはずだ。桐也のいる店はたいして儲《もう》かってもいないから、利潤目的とも考えにくい。

「一つには、地元への協力かな。商売を上手《うま》くやるには持ちつ持たれつ、っていうんだったか。周りと喧嘩《けんか》するようじゃあとあと面倒になる。その第一歩ってことで、資金面で困っていた店に援助して、経営のアドバイスをしてる。軌道に乗れば口はださない」

「うちの店、そんなに困ってましたっけ」

これでも店長なので、帳簿類は見ている。経営の細かい部分は知らないが、桐也が知るかぎりではそれほど困っているようでもない。以前の経営者からも、そのような話は聞かされていなかった。

「ああ、こっちは別の計画があるんだ。ホテルのオリジナル製品を置いたり、ホテルでだす予定のケーキ類や食事も、このあたりのレストランやショップで提供する。サテライトショップとホテル本体との連携サービスもいろいろ考えさせてはいるよ。後発は先達の失敗を見ていられるという利点はあるにしろ、どうしたって不利には違いないからね。――そういえばキリヤ、カジノには行った？」

「ギャンブルには興味ないんです」

言ってから、しまったと後悔した。相手はこれからカジノを経営しようという男だ。たとえ本音といえどこんな言いかたはないだろう。

気分を害されたかとクリストファーの表情を窺《うかが》うと、彼は楽しげに笑った。

「なにか可笑《おか》しいことを言いましたか？」

「いや？　今、失敗したって顔したのがなんだか可愛くてね」

「もう可愛いなんてトシじゃありませんよ」

「僕よりは若いだろう？」

訊ねられても、桐也はクリストファーの年齢を知らない。外国人の年齢などあてられるはずもなく、どう答えたものかと戸惑った。

「あの、クリスさんおいくつなんですか？」

「僕？　三十二歳だよ。それと、誰かを可愛いって感じるのに年齢は関係ないよ。ずっと年上の人だって、ちょっとした仕草や表情が可愛いことあるだろう」

桐也とは、六歳離れている。

彼の言動から桐也自身よりは年上だろうなという印象はあるが、さほど変わらないようにもずっと上のようにも思えた。

(可愛い、ねえ)

しっくりこない。動物なら可愛いと思うことはよくあるが、人に対してそんなふうに感じることはめったになかった。まして同性に対しては、ゼロだ。

「ところで、キリヤ。話は変わるけれどね」

「……はい？」

クリストファーの声の調子に嫌な予感がして、桐也は顔をひき攣《つ》らせた。

「そう警戒しないでほしいな。君にそんな顔をされるたび、心臓が潰《つぶ》れそうになるよ」

「はあ」

顔がひき攣るのも当然だろう。この切りだされかたで、次の言葉を予想できなかったら間抜けだ。

大仰に嘆いてみせたクリストファーは、すぐに表情を変えた。桐也の目をまっすぐに見つめ、にっと笑ってみせる。

「そろそろ僕とつきあってくれる気にはならない？」

「その話はなしです」

「これだから、参っちゃうね。イエスでもノーでもなくて、話自体をなかったことにされるんだからな」

だって、他にどうしていいかわからない。

桐也には未だに、恋愛感情というものが理解できない。それ以前に、特別な誰かを想うという感覚すらない。人間にしろものにしろ、熱中するとか没頭するとか執着するとかいった感情とは無縁なままだ。

このごろ困っているのは、今までのようにたちの悪い冗談で口説かれるせいじゃない。クリストファーの様子が、どこか変わったのだ。

冗談ならば、困りながら流す。真剣だったらもっとはっきり断って、必要以上の接触やプライベートな会話をしないように気をつける。相手を失望させて傷つけ、自分の欠陥に気づかされておちこむことのくり返しだ。だから、もう真剣な気持ちには応えられない。

クリストファーが口説いてくるのも、最初のうちは軽口や冗談の類《たぐい》だった。天気の話題や挨拶代わりくらいだったはずだ。揶揄われるのは好きではないし、けれど彼自身は嫌いでもなかったから、揶揄う癖だけは困った人だな、と思っていた。

それが最近はなんだか少し、変わったような気がする。真剣でないのはたしかだ。けれど、まるきりの冗談というのでもない。冗談めかした口調も態度も以前と同じなのに、桐也を眺める視線の色が、どこか違う。

心中を探るような、鋭い色をしていた。

揶揄われるのに困っていたころはまだよかった。こうなるとますます、はぐらかすしか他に方法がない。

そこにある感情は真剣ではなくて、桐也にイエスと言わせることに執心している。そんな様子がかいま見える。勘違いならいいのだが、それほど外れているようにも思えない。

「君に流されるたび、傷ついているんだけどねえ」

クリストファーも、桐也が困惑しているのに気づいたらしい。口調や表情をくるりと変え、わざと大仰に嘆いてみせた。

「そうは見えませんよ」

彼のこんなところには救われる。気配が微妙になりかけると、彼からそれを払拭《ふっしょく》してくれるのだ。

「ああもう。できるものなら、僕のズタズタな気持ちを見せてあげたいよ。すげなくされるたび、どれだけ動揺しているかとかね」

「動揺することなんてあるんですか？」

いつもおちつきはらっている彼に、およそ動揺なんて単語は似合わない。

「もちろん、あるさ。僕だって人間だからね」

「はあ」

気のない返事をした桐也に、クリストファーが目を丸くした。

「なんだい？　キリヤにはロボットかなにかに見えてるのかな」

「いえ。そうじゃなくて。……ときどき、クリスさんは映画かなにかの中の人じゃないかって思えちゃうんですよ」

　こうしてすぐ近くにいるあいだはいい。けれど離れた場所でふと彼のことを考えると、まるで現実感がないのだ。

「困ったね。ちゃんと生きてるんだけどな。幻覚でもCGでもない証拠に、触ってみる？」

「遠慮しておきます。すみません、変なこと言って」

「まあ、いいさ。でもそうか、もうちょっとキリヤのまえでは人間らしくふるまったほうがいいのかな。それこそ、動揺する場面を見てもらうとか」

「なにがあっても平気そうですよ？」

「まさか。さっきも言ったけど、僕だって動揺くらいするよ。最近だと、君が入院したって聞かされたときかな。比喩ではなくて本当に、血の気《け》がひいたよ。嫌なふうに動悸《どうき》はするし、指は冷たくなるやら震えるやらでね。あんなことははじめてだった」

　ひょっとして、これは人間とは思えないと告げた桐也への意趣返しだろうか。言葉を詰まらせると、クリストファーは悪戯《いたずら》めかせてくるんと目をまわしてみせた。

　きっと、気遣われているのだろう。けれどこんなふうにされるから、どこまでが真実なのかわからなくなる。

「クリスさん、日本語上手ですよね」

話題が自分の怪我に流れたので、決まりが悪くなる。どうにか逸《そ》らそうと、その場凌《しの》ぎに適当な話へすりかえた。

金の髪に青い目の男の口から『比喩』などという言葉がでてくるのが、どうも不思議だ。発音にもまったく不自然な部分はない。

「親族の通訳をさせられていたから、おかげさまで。ここへ来てからは友《girl friend》達に教えてもらえたよ」

ガールフレンドと告げる口調はやけに意味深で、口元は悪戯めかして笑んでいる。特別な関係、ということなのだろう。

つきあえと言っておきながら、すぐにそんなことを口にする。万が一にも桐也がイエスと返事をしたら、クリストファーはどうするつもりなのだろう。

(一度承諾させたら、気がすむのかな)

断られつづけているから、ムキになっている。たぶん、そんなところだ。けれど承諾して終わればいいが、実際につきあうなんてことになったら、もっと困る。

まあ、ありえないけど。

彼はベイエリアが気にいっているようで、桐也の店へ来ない日でも、よく店の付近を歩いていた。そんなとき、綺麗な女性をともにしている姿をたびたび見る。彼女たちを、桐也の店へ連れてきてもいた。

クリストファーが連れてきた彼女たちは、その後もときどき店へ来てくれている。彼女たちがいるのに、これ以上桐也にまで手を伸ばす必要などない。早く、口説くのに飽きるといいのに。願うのはそれだけだ。

「食事の次は一緒に酒を呑んで、その次は僕の部屋へご招待したいんだけどな」

ひどく魅力的な表情でこんなことを言われても、聞きながす以外なにもできなかった。

＊　＊　＊

桐也は亡くなった従兄《いとこ》の足跡をたどって、この街へ辿《たど》りついた。ここは、従兄が亡くなる直前まで働いていた場所だ。

とはいえ彼に特別な感情を抱いていただとかではなくて、どうしても知りたいことがあったからだ。

どこにいても誰といてもいつも端っこで、いてもいなくても同じような存在だった桐也とは違い、従兄はどこで誰といても常に輪の中心にいた。明朗で悪戯好きで、優等生ではなかったが悪すぎもせず、適度にはめをはずしてバレては叱《しか》られて、それでも家族にはもちろん、周り中から好かれていたように見えた。桐也の両親など、おそらく息子である桐也より彼を好いていたのだと思う。

桐也と両親とはもうずっと、なにがあったわけでもなく漠然と上手くいっていなかった。桐也は彼らの理想にはそぐわなかったのだろう。

人の好みや描いた理想など、当人にだってどうしようもない。親らしいことはしてもらったし、とりたてて排斥された覚えもないから、それで充分だ。大学入学と同時に家を離れ、ずっと分かれて暮らしている状態が、平穏ならお互いにとってそれでよかった。

桐也は雰囲気が柔らかいのとつるんとした細面の容姿もあって話しかけやすいらしく、学生時代それなりに仲のいい友人たちはいた。けれど彼らに特別に好かれたわけでもなく、常に、あくまで大勢の中の一人だ。

もともと桐也がそれほど誰かに肩入れすることもなかったのと、一人でいるのが平気なたちだったから、平気ではあったし困ることもなかったのだけれど、両親がときどき、思いだしたように従兄と比べるのには閉口した。

彼が亡くなって、彼の両親と同じくらい嘆いている自分の親を見て、消えたのが彼でなく自分であったら、これほど悲しまれることはなかったのだろうなと思ってしまった。それがはじまりで、桐也はずっと抱いていた謎を解いてみたくなった。

どうして、彼と自分とはこんなにも違うのだろう——？

彼はなぜ、あんなにも人に好かれたのだろう。そうして桐也は大学を卒業したのち、従兄の足跡を辿りはじめた。

大学在学中も彼の入っていたサークルに所属し、そこで銀細工を覚えた。かけもちしていたスキー部にも入った。アルバイトは同じ店というわけにはいかなかったが、同じ職種、飲食店ばかりを選んだ。

従兄のようになれるともなりたいとも思わない。あまりに違いすぎて、そんな気持ちなど抱ける余地がなかった。ごく自然にふるまっているように思えた彼が、どうしてあんなふうに好かれたのか。ただそれだけが知りたかった。

従兄のあとを辿ればなにかあるんじゃないか、自分にないものを見つけられるのではないか。それほど期待はしていなかったが、他になにも目標も目的もなく、縋《すが》りつくのにちょうどよかったのかもしれない。

生きていくのに目標なんて必要ない。桐也はただ、普通に穏やかに暮らしていければそれでいい。けれど、一度は自分らしくないことをしてみたいという欲求にかられたのだ。計画などなにもなく無鉄砲に、見えない目標をひたすら追いかける、なんて。

このまま漫然と生きていくより、それはとても魅力的に感じた。

そうしてここへ来て暮らしはじめたが、未だになにも見つけられずにいる。

「冷房、少し効かせすぎてるかな」

肌寒さを感じ、桐也は作業中の手を止めた。

午後二時をまわるころ、客足がふつっと途絶えた。一日でいちばん暑い時間、しかも朝からこの夏いちばんの暑さだとさかんに言われていただけあって、さすがに、出歩く人もそういないようだ。

空いた時間を利用して、セールの案内葉書に宛名《あてな》シールを貼っていく。

「ああ、これはださなくていいか」

貼りかけたシールを、別のメモ用紙に貼りつける。書いてあるのは住所だから、あとでシュレッダーにかけなくてはならない。

そのシールはよく店へ通ってくれた数少ない男性客のもので、今では客でなく友人として交流がある。

その人、山路《やまじ》槙《まき》は、このあたり一帯の大地主である山路家の若い当主で、クリストファーとも縁が深い。クリストファーと共同経営者のカジノホテルは、槙が売った土地に建てられるのだ。

名簿にある顧客は、槙以外ほとんどが女性だ。店の客は女性かカップルが大半で、桐也のまえの店長も、アルバイトで入ってもらっている店員も女性だ。

桐也ももともと、ここのアルバイト店員だった。平日の夜はレストランバーで働き、週末だけここにいた。レストランバーでの仕事が週に四日ほどだったから、時間をもて余していて、たまたま店の入り口に貼ってあったアルバイトの募集広告を見たから応募してみた。

この店を選んだのは、飲食店だと職種が被《かぶ》ってまずいかなと思ったというそれだけだが、桐也の男くささとは無縁な顔立ちが功を奏したらしい。客も店長も女性ばかりなのに、とりたてて浮くこともなく、気がつけばその場に馴染《なじ》んでいた。

アルバイトをはじめて半年後、独立するのだとかで店長が辞めた。代わりにと指名されたのは桐也で、驚いたものの、社員にしてくれるというのでひき受け、それからずっと続いている。

槙の宛名シールを貼ったメモ用紙を、失《な》くさないようにファイルへしまう。彼がこの店へ来たのは、クリストファーに連れられてだった。

そういえばクリストファーがはじめて現れてから、そろそろ一年になるだろうか。

(はじめて会ったときから、あんな調子だったっけ)

連日、「この夏の最高気温」と言われるような、ひどく暑い夏だった。

「いらっしゃいませ」

ドアの開く音がすると、ほとんど条件反射で声がでる。やはり反射で笑んだ桐也の顔が一瞬、ぽかんと止まる。

(……俳優さん?)

店に入ってきたのは外国人だった。それも背の高い、びっくりするほど美しい男だ。ドアの外に黒衣の男が立っている。あれは、ボディガードだろうか。

カジノ目当ての観光客には、外国の富豪や所謂《いわゆる》セレブと呼ばれる人々も多い。外国のモデルや映画俳優がいても不思議ではないし、実際、情報番組の芸能コーナーなどで、ときどき誰それが来日してカジノを楽しんだだとか、そんな話を聞いた。

彼がくすっと笑ったのに気づき、桐也は我に返った。

「すみません、失礼しました」

日本語が通じるだろうか。通じなくても、桐也が話せるのはカタコトすぎる英語くらいだ。

「いいえ。見惚《みと》れられるのには慣れてますから」

ありがたいことに、彼の口から発せられたのは流暢《りゅうちょう》な日本語だった。

このあたりには大勢、外国人がいるのだから、そろそろ簡単な英会話くらいできるようにしておいたほうがいいかもしれない。

それにしても、ずいぶんと自信家な発言だった。当然なのだろうが、あまり自分で言いはしないだろう。

海外の人は、やっぱりメンタリティが違うのかな。

埒《らち》もないことを考えながら、桐也は表情をあらため、営業用の笑みを浮かべた。

「ごゆっくりどうぞ。なにかお探しのものがありましたら、言ってくださいね」

「思わぬ拾いものというところかな」

「はい？」

店にあるのは土産の類ではなく、日用品やアクセサリー、ちょっとした飾りや衣類ばかりだ。それほど高価なものもないし、なんのことやらわからない。

外国の人が喜ぶようなもの、あったかな。

彼に気づかれないよう、ざっと店内を見渡してみるが、どれもしっくりこなかった。

「君が」

「……は？」

彼は壁際の棚へ手を伸ばし、銀のタイピンをとりあげた。銃弾を模したそれは、拳銃を象《かたど》ったペンダントトップと対で桐也がつくったものだ。女性が喜ぶような形はどうも考えつかず、ナイフだの銃弾だの日本刀だの、つい物騒な形ばかりつくってしまう。

「君が気にいったんだ」

「……はあ」

なんと答えたらいいやら。揶揄われているのだろうな、とは思うが、初対面の、しかも外国の人間に揶揄われるような覚えはまったくなかった。

「あのう、どこかでお会いしたことありましたか」

「いや？　今日がはじめてだよ。たぶんね」

「ですよね」

だったら、どうして。桐也の疑問はますます深まった。

「言ったとおり、一目で君が気にいったんだ。それだけで他意はないよ」

「それは、どうも」

不可解なまま、桐也はぼそぼそと告げた。

「というわけで、食事にでもいかないか。まずは食事に誘うのが、定石というものだろう?」

定石もなにも。いったいなにがどうなっているやら、桐也は煙に巻かれたような気分だ。

「どうしてです?」

「気にいった人を誘うのに、理由がいるの?」

「その、『気にいった』というのが、どうもわからないんですけど」

「そうだなあ。君の外見と佇《たたず》まいが僕の好みだった。これでどう?」

「どう、って言われましても」

律儀に応対することもない。ふざけられているのだし、放っておけばいいのだろう。けれどここは店の中だ、騒ぎを起こされたり暴れられでもして、商品を壊されても困る。

凶暴そうには見えないが、内面など、外側からは知りようがない。

「その清楚な雰囲気がいいね。綺麗な黒髪とか、涼しげな顔立ちだとか」

清楚、ね。まあ、派手ではないだろう。

「それはありがとうございます。食事のお誘いは、お断りしますけれど」

「どうして？」

「ご一緒する理由がありませんから」

「理由にこだわる人だねえ」

「そういうわけじゃありませんよ」

「だったら、こうしよう。店にある商品をぜんぶ買いあげたら、僕と食事にでかけてくれるかな」

「カジノで稼がれたんですか」

軽口だろうと思いつつ、つい言ってしまう。すると彼は驚いたように目を瞠り、それからくしゃりと相好を崩した。

「まあ、そうかな」

「こんなことに使うなんてもったいないですよ」

「どう使おうと、僕の自由。ギャンブルで得た金なんて、あぶく銭っていうだろう」

本当に日本語が巧みだ。ただ話せるというだけでなく、発音もネイティブだし妙に語彙《ごい》が豊富だ。

「そうですね。でしたら、他の店でなさってください。女性ものの衣類なんて、買ってどうされるんです」

「友達にでもプレゼントするよ」

「無駄ですよ？」

「だろうね。でもそれで君と食事ができるなら、僕にはそれで充分だよ」

桐也がどう言おうと、彼はまったく動じなかった。にっこりと笑んだまま、さらさらと返してくる。

言葉が通じる分、とりあえず酔っぱらいよりはましかなあ。

店長になるまえにアルバイトをしていた、飲食店での困った客は、もっぱら泥酔した客だった。

カジノで遊んで、大なり小なり稼げたというならまだいい。中には有り金すべてをすってしまった、なんていう客だって少なくない。無銭飲食の挙げ句に酔って暴れたり、路上でいきなり絡まれることとも、ないわけではなかった。

さっきから話は見事にすれ違っていて、意思の疎通が図れているとも言いがたいものの、見たところ素面《しらふ》のようだし、一応、会話にはなっている。

「大歓迎です、と言いたいところですが、ぜんぶ売れても俺の給料があがるわけじゃありませんし、明日からの商品確保が大変そうなので遠慮しておきます」

口調こそ柔らかいが、告げた言葉はとても客に対するものではなかった。けれど、どうせ買いものなどするつもりはなさそうだ。暇つぶしの種に揶揄われているだけなら、これくらい言ってもかまわないだろう。

「意外ときついね」

「そうですか？　これでも正直に伝えたつもりなんですが」

「うん。そういうところ、ますます気にいった」

「あのう、俺の話、聞いてますか」

「ちゃーんと、一言もらさず聞いてるよ。君は声も好みだから」

「………」

処置なし、だ。

もうどうにでもなれ。桐也は嘆息し、彼を放っておくことにした。

店の角奥に入り、せっせと雑用を片づけはじめた。こんなときにかぎって他の客は誰も来てくれないのだから、タイミングが悪いことこの上ない。

ことん、とレジ台の上へマグカップが二客置かれた。

「揶揄っただけだと思われるのは心外だから、これを」

「ありがとうございます。贈りものですか」

「いや、僕が使う」

「はい」

そうか、買うのか。

よくわからないまま、桐也はカップ二つを緩衝材に包んで箱に詰め、彼に渡した。

「ありがとうございました」

「また来るよ。次は、名前を教えてほしいな」

足された言葉は聞かないふりをして、軽く会釈をし、彼がでていくのを見送った。

店のまえにいたのは、やはりボディガードらしい。彼のあとを、数歩遅れてついていく。

「なんだったんだろう、あれ」

変わった人だ。

もとはといえば、桐也が彼に見惚れたりしたから、あんなふうに揶揄われてしまったんだろうか。あのような態度は、不快だったのかもしれない。

(だとしたら、悪いことしたなあ)

けれど、もう会うことはないだろう。

土日にアルバイトで来てくれている、若い女の子が好きそうな話だ。正体はわからないが、どこかの俳優のようだと言ったら、喜ぶに違いない。揶揄われた話は適当に誤魔化して、茶飲み話の種にでもしよう。

そのとき、桐也は暢気にそんなことを考えていた。まさか、その後たびたび彼が店に現れては同じような会話をくり返すようになるとは、想像もしなかった。

あれから一年ほど経《た》って、こんなことになるとは驚きだ。

クリストファーは客ではなくなり、今では桐也の雇い主だ。相変わらず口説いてはくるものの、そんなことにすら慣れてしまった。

桐也がここへ来た目的は未だに果たされないままだが、すぎていく日々は悪くない。このまま定住してもいいと思っているし、そうなるんじゃないかという気もしている。

結局、なにかを求めて彷徨《さまよ》うなんて性にあわないってことなのかな。

従兄と自分とは、なにがどう違ったのか。見つけたいとは思っているけれど、熱心に探しもしていない。

（この熱意の差、かな）

もちろん、従兄と桐也との違いは熱意だけじゃないだろう。けれどきっと、それも一つ。ものごとが変わっていくのを追いかけたり、変化を求めて走るより、変わらないその場でぼんやりと佇んでいるのが、桐也にはあっているのだろう。

それでも、ここへ来て変化はあった。事件に巻きこまれて怪我をしたり、クリストファーのような人と知りあったり、まして冗談と挨拶代わりとはいえ誰かに熱心に口説かれつづけるなんて、今まで経験はない。

桐也が誰にも執着しないように、他の誰も、桐也に執着したりしなかった。好きだとかつきあってくれとか言っていた女の子たちだって、桐也が彼女たちの考えたような人間ではないとわかると、やがて離れていった。

一年も同じ軽口を続けられるのがすでに、桐也には信じられない。それに近ごろは、冗談のなかにちらちらと不可解な感覚が混じりはじめている。

クリストファーはあれほどの人だし、彼自身によれば、欲しいと願って手にはいらなかったものはないらしい。こんなところで、しかも桐也のような平凡な人間を相手に、よもや苦戦するなど信じられず、ムキになっているんじゃないかと思う。

けれど、きっとこんなことも日常の中へ溶けていく。桐也の周りでは、いつもそうだ。

(クリスさんだって、そのうち飽きるか、嫌気がさしていなくなるんだろうな)

考えると、微《かす》かに胸が軋《きし》んだ。

寂しいと感じてしまうのは贅沢《ぜいたく》だ。ずっと断りつづけているのは桐也で、応じる気もないくせに、今のまま続けてほしいなんて。

誰かに執着される、たとえ軽口であってもそんな経験をして、浮かれているんだろうか。

クリストファーにイエスと答えても答えなくても、待っている結果は同じだ。

いったんはどういう形であれつきあって、そのうちつまらない人間だと気づかれ、飽きられるか失望されて離れていくか、断りつづけてクリストファーが口説くのに飽きるか。

どちらも同じなら、敢《あ》えて傷つきたくなどない。このままでいたかった。

閉店間際になって、客が入ってきた。

「こんばんは」

男の二人連れのうち、華奢《きゃしゃ》な青年が桐也に向かってにっこりと笑う。

「山路さん、いらっしゃい」

クリストファーに紹介された山路槙とは、今ではいい友人だ。数少ない、というよりここでは唯一、親しくしている相手だ。

「そろそろ閉店ですよね？　すみません、こんな時間に」

「いいえ。どうせ暇ですから。いつでも歓迎しますよ」

彼の背後にぴったりと寄りそっているのは達見弘斗《たつみひろと》、クリストファーの元部下で共同経営者で、槙の恋人だ。

二人ともどこかへ出かけた帰りなのか、ネクタイも締め、きちんとした恰好《かっこう》をしている。

「ペンダント、まだ使ってくれてるんですね」

「大事にしてますよ」

槙が言って、首筋の細いチェーンを軽く持ちあげた。肌身はなさず、どこへ行くにもつけているというそれは、この店で売っていた、桐也がつくったものだ。

「ありがとうございます。でもきっと、プレゼントしたかたがよかったんですよね？」

悪戯めかして告げると、槙はふわっと顔を赤らめた。

贈り主は達見で、だからこそ大切にしているのだ。彼らは本当に仲がいい。

「あ、の。今日はお誘いにきたんです」

「誘い？」

「はい。急なんですけど、今晩もし時間があったら、花火一緒に見ませんか？」

そういえば、花火があがるという話は聞いていた。それほど興味もなかったし、さぞ人が大勢いるだろうと、はじめから見るつもりもなく、すっかり忘れていた。

「誘っていただけるのは嬉しいんですけど、お邪魔になりませんか」

「まさか！　だったら誘いになんてきません。それに、急な話で本当にごめんなさい。達見さんの予定が空くかどうか、ぎりぎりまではっきりしなくて」

「予定なら年中空いてます。喜んで行かせていただきますよ。でも、どこで見るんですか？すごい人出ですよね」

今では所有していた土地の大半を売りはらってしまったらしいが、山路家は古くからの大地主で、名家だ。その当主である槙は、持っていた土地のせいでずいぶんと大変な目に遭っていたらしい。

今はもう大丈夫だろうと槙は言うが、それでも心配する達見が相変わらず一人では外出させたがらないそうだし、なにより二人とも、クリストファーに近い。先だっての、桐也が擬ねられた事故の前後にも大変な目に遭ったと聞いている。

だからこそ、彼らは身辺にはずいぶんと気を配っていた。間違っても、人混《ひとご》みでごった返すような場所へは出かけないように思う。

「今、港に客船が泊まっているでしょう。あれに乗って見るんです。だから、こんな恰好してるんですよ」

お酒も食事もでるから是非にと重ねて誘われ、ちらと桐也の頭を掠めたのは、ここにいないもう一人の存在だ。

「ええと、それって——」

「クリスさんのお誘い、です。でも、俺も楡井さんが来てくれたらすごく嬉しい」

やっぱり。

それでも出かけてしまったのは、もう行くと返事をしたからだ。暇だと言ってしまったし、行くとも言った。これで断ったら悪いだろう。——そう思ったのは、自分への言い訳だ。

クリストファーに口説かれ、桐也が困っていることは彼らも知っている。彼が来ると聞いて桐也が前言撤回をしても、咎《とが》められることなどなかっただろう。

結局のところ、桐也はクリストファーと会い挨拶代わりに口説かれるのを、嫌がってはいないのだ。

気づいてしまえば情けないと自己嫌悪に陥る。しばらく黙った桐也に、槙がどうしたのかと心配げに訊ねてきた。

「すみません、なんでもないです」

ぼんやりしていただけだと、桐也は笑ってごまかした。

港から少し離れた場所に浮かぶ客船の上で、先に乗船していたクリストファーと合流した。慌てて着替えてきた桐也はまにあわせの盛装だが、この際、とりあえず盛装しているという形さえあればいい。

なにせ残りの三人はたいした迫力なのだ。クリストファーはもちろんのこと、長身で体格もよく強面《こわもて》だが端整な達見と、薄茶の髪と瞳、抜けるような白い肌の人形のような槙が並んでいると、近づくのを臆《おく》してしまうほどだった。

なにを着ていようが彼らといれば浮くのは必至、下手に飾りつける必要などない。

光沢のあるスーツを着たクリストファーは、桐也を見るなりぐいっと抱きしめてくる。

「ちょ、……あのっ」

鼻がクリストファーの肩にぶつかる。どこか夜めいた甘い香りが鼻腔をくすぐる。その匂いに気づいたとたん、猛烈な勢いで心臓が暴れはじめた。

(うわ……っ)

かあっと頬《ほお》が上気する。触れたクリストファーの身体は見た目より堅く厚みがあった。あまりにびっくりして思考が停止していたものの、一拍遅れて我に返り、桐也はクリストファーから離れようと緩くもがいた。けれどその程度ではクリストファーの腕はびくともしない。

あまり暴れて悪目立ちするのもまずいだろうし、けれどこのままでは神経が保たない。

「クリス、よせ。その人困ってるだろうが」

おたおたと慌てる桐也の背後で、達見が長くため息をついた。

「ただの挨拶だよ」

「その人にはそういう挨拶の習慣はないだろう」

達見の声と同時に、クリストファーの腕が離れた。ようやくほっとするが、まだあちこちにクリストファーの腕や身体の感触が残っている。

（ああ、びっくりした）

こんなこと、今まで一度もなかった。酔っているのだろうかと、そっとクリストファーを窺うが、顔にはまったく表れていない。

「煩《うるさ》いよ、ヒロト。このくらいの役得はいいだろう？」

「おまえがそんなだから、困らせてるんだろうに」

達見がなにを言おうと、クリストファーに反省の色はない。彼も、それを承知で言ってくれているのだろう。

「キリヤ、今日も綺麗だね。でもせっかくだからキリヤには是非、着物で来てくれって頼ん

でおけばよかったな」

「着物なんて持ってません」

「僕がプレゼントするよ。キリヤならどんな色がいいかな。キリヤは淡い色よりはっきりした、濃い色がいいと思うんだ。それも、少し暗めのね」

早めに止めておかないと、こいつは本気でやるぞ。ぼそりと呟《つぶや》かれた達見の忠告に従い、桐也は口を開いた。

「絶対に、着ません。着物って着付けからなにから、大変なんですよ。俺には無理です」

「それは残念。でも諦めないよ」

四人のテーブルはいちばんいい場所で、豪勢な食事を味わう。ふんだんにふるまわれる酒を、勧められるまま桐也も口にした。

酒のよしあしなどわからないが、どのくらい呑むと酔ってしまうかはわかる。醜態を晒さないよう、酒量をすごさないよう気をつけながら、海上のひんやりした風を楽しんだ。

ぱあん、と派手な音が聞こえた。集った人々が、一斉に上空を見あげる。夜空で弾《はじ》けた花火が、きらきらと輝きながら消えていく。

達見と槙はグラスを持ったまま席を立った。もう少し端のほうで、立って眺めるらしい。クリストファーと二人きりでテーブルに残され、困ったなと思っていると、彼が「僕らも立とうか」と声をかけてきた。

「そうですね」

「大丈夫、落ちたりしないようにちゃんと見てるから」

「そこまで酔っていませんよ」

クリストファーが移動すると同時に、どこからともなく黒衣の男たちが現れる。今日も、当然ボディガードを連れているのだ。

「以前は、もう少し自由だったんだけどね」

槙が彼らへ視線を投げたのに気づいたらしい。クリストファーが言った。

「そうなんですか？」

さっきの抱擁のせいで、二人きりになると、どうにもクリストファーの顔が見られない。彼はまったくいつもどおりふるまっている。あんなもの、彼の言うように挨拶程度だろうに、どぎまぎしている自分が莫迦みたいだ。

「たいてい、ヒロトがいたからね。あいつはパートナーでもあるけど、僕のボディガードも兼ねてくれていた。もともとは、そっちが本業」

クリストファーはこっそり狼狽《うろた》える桐也の気持ちなど知らぬげに、笑みふくんだ声で話している。

なるほど、眼光鋭く体格も立派な達見なら、そう言われても不思議ではない。

「でも今じゃ、あいつといたって絶対に僕を守ってくれないからねえ。マキがいないなら別だけど」

船の端のほうへ行き、立ったまま話をした。ときどきグラスの酒で喉を湿らせ、髪が風に流れる。

「山路さんは、平気みたいですね」

槙はクリストファーについているボディガードを見てもまったく気にした様子はない。無視しているのではなく、ときどき訊ねるような仕草を見せたり、笑んでみせたりしている。彼らがそこにいて当然と考えているようだ。

「マキはあんまり気にしてないみたいだよ。しばらくまえ、マキが危なかったってこともあって、しばらく彼らが周りを固めていたりもして慣れてるんだ。それに、あの子は意外と肝が太いところがあってね」

「そうですか？　すごく繊細そうですよね」

「うん。でもひょっとしたらヒロトよりずっと剛胆だよ」

クリストファーは軽くグラスを傾け、酒をすっと呑みほした。

「二人とも、お互いがいればあとのことはあんまり気にならないんじゃないの。まったく、お熱いことで」

「幸せそうですね」

「うん」

しばらく、言葉がとぎれた。次々とあがる花火を、じっと眺める。花火など見たのは何年ぶりだろう。こうして眺めるとやはり綺麗で、連れてきてもらえてよかったなと思う。

「ねえ、キリヤ」

「はい？」

クリストファーは手に持ったグラスを、ごく軽く桐也のそれにぶつける。

「食事の次は酒、だね。これで二つクリアできた。僕の部屋には、いつ招待したらいいかな」

「――！　知りませんよ、そんなの」

桐也はふいと顔を背けた。目元が微かに赤らんでいるのには、気づかれてしまっただろうか。

（もう、いい。赤くなったのはお酒のせいにする）

こんなタイミングで言うなんて狡《ずる》い。暗い夜の海、華やかな船上、そしてあざやかな花火と極上の酒。柄にもなく雰囲気に浸っていたところへあんなことを言われたら、心臓を直撃されてもしかたがない。

さっきの動揺だって、まだ去りきってはいないのに。

桐也はクリストファーに背を向けたまま、動悸する心臓を宥《なだ》めた。

背後で、クリストファーがくっくっと喉を鳴らして笑っていた。

絶対に、クリストファーの部屋になど行かない。

あんな騙《だま》しうちを二度も食らったりしない。固く決めていたのに、それすらあっさりと反《ほ》古《ご》にされてしまう。

＊　＊　＊

仕掛けてきたのは、もちろんクリストファーだ。

明日は休みという晩、店に彼から電話がかかってきた。

「あのう？」

『だから、反物を用意させる。生地を選んだら、採寸まですませようと思うんだ。もう呼んであるから、店を閉めたら僕の部屋へ来てくれるかな』

「行きませんよ」

即答した。当然だ。船上パーティーのできごとから、まだ一週間と経っていない。

『来ないなら、僕からそちらに向かおう。営業中だろうがなんだろうが、君を攫《さら》って強引にでも採寸させるよ』

「脅迫ですか？」

『なんとでも。ヒロトとマキもどうせなら一緒に仕立てようと思ってね。二人とも呼んである。そっちへ迎えに行かせるから、あとはよろしく』

「ちょ……っ、クリスさん⁉」

桐也の抗議の声も虚《むな》しく、用件だけすませると、電話はあっさりと切れてしまった。

怪訝《けげん》そうな顔をしたその場にいた客に、桐也は肩を竦《すく》めてみせる。

「うちのオーナーなんです。わりと強引で」

「私のところもそうですよ。オーナーじゃなくて上司ですけど、もう退社時間ぎりぎりになって、この書類しあげてーとか言って手書きの書類渡してきたりするんです。あれ、参っちゃいますよね。こっちの都合とかぜんぜん考えてくれなくて」

「それはまた大変そうですね」

「パソコンくらい自分で覚えればいいのにって思うんですよね。手書きでして清書させて、それに赤字入れてまた直しって言ってくるんですよ。すごく無駄」

思いだして腹をたてたらしい女性客の話を聞きながら、いっそ迎えにこられるまえに逃げてしまおうかと考える。

だいたい、槙を迎えに寄越すというのがすでにずるい。桐也がすっぽかしたら、彼らが困るはめになるのだ。彼らはクリストファーと親しく、彼の意をくんで動いているのだろうから、困ったって知ったことか、と言ってしまいたいのだけれど、そうも言いきれない程度には、知りあってしまっている。

（ああもう、まったく）

よけいなことさえ言わせなければいい。他に槙たちや呉服店の店員もいるだろうし、採寸が終わったら早く帰ればいいのだろうか。

着物なんて着られないって言ったのに。

その上、いったい誰が反物や仕立て代を払うのだ。クリストファーにだされたくもないし、かといって、クリストファーが選ぶものなどとても桐也が払えるような値段でもないのに違いない。

行けば、クリストファーを阻止できない。いちばんいいのは、桐也が行かないことだ。採寸できなければ着物も仕立てられないだろう。

（店へ押しかけるってなんだよ。困るのは俺じゃなくて、オーナーのクリスさんだろう？）

とはいえこの店が潰れるくらいでは、たぶん彼は困らない。彼の言うサテライトショップとして利用するためだけなら、この店である必要はないのだ。内装も商品もすべて変えてしまっても、なんら問題はないだろう。

悶々《もんもん》と考えながらも桐也の手はラッピングを施し、口は女性客と話をしている。

結論はだせないまま、閉店時間を迎えてしまった。

いつものように槙と達見が二人連れで現れ、態度を決めかねていた桐也は、彼らに連れられ、達見の車に乗りこんだ。

本当に莫迦だろうと自分を罵《ののし》るが、迎えに来られて「行きません」と言えるほど、桐也の意志は強くない。

達見の運転はなめらかで無駄がない。それほど混んでいない道路を、静かに進んでいった。

「答えたくなかったら、答えなくていいんですけど。どうして毎回、迎えに来てくださるんですか？」

訊ねてみたくなったのに、それほどの理由はない。ただ不思議だったのだ。

「それって、どうしておとなしくクリスの言うこと聞いてるのか、ってことだよな」

桐也が遠まわしに告げた言葉は、達見の声で本音へと変換されてしまった。めずらしく、槙ではなく達見が答えてくれるようだ。

「すみません」

「謝ることはないさ。あんたには迷惑な話だろうしな」

「じゃあ、どうしてです？」

「言いだしたらきかないから。拗《す》ねると機嫌とるのが面倒だから。あとは、まあ、なんだ。俺らもいろいろ面倒かけちまったんで、しかたなくってことだな」

あいつに借りをつくるとあとが面倒なんだ。達見は、端整な顔を顰《しか》めていった。

「俺の家のことでごたごたしていたときに、ずいぶん助けていただいたんです。だから、……ごめんなさい。楡井さんには、ご迷惑かけてしまって」

達見に続いて、槙が言葉を添えた。

「いえ、あの。迷惑ってほどじゃないんです。どっちかっていうと、迷惑になりきらないから困ってるっていうか」

怪我はたしかに完全なとばっちりだったが、あれはそもそもクリストファーのせいではない。そのあと、彼が店のオーナーになってからは仕事の待遇がよくなったし、先日の船上での花火見物だって、綺麗で楽しかった。

今回もきっと、桐也ではとうてい手のとどかないような着物を用意させ、与えてくれるのだろう。そうして桐也がその場で彼に口説かれてまだ断っても、気にもしない。

だから、困る。

最終的に、得をしているのは桐也ばかりなのだ。クリストファーはいったい、なにがしたいのだろう……？　それがわからない。

「あのう、クリスさんて、あとどれくらい日本にいるんですか？」

「どうかな。二年か三年か、場合によっちゃもう少し短くなるかもしれんが」

「それまでに、飽きてもらえると思いますか？」

クリストファーをよく知る達見に問いかけると、苦笑を浮かべ、「これぱっかりは、わからないな」とはなはだ心許《こころもと》ない返事をくれた。

意外だったのは、槙にはあまり着物が似合わないことだ。反物自体は彼にぴったりのものはいくつもあったが、ついでにと着させられた着物がどれも、今ひとつちぐはぐな印象を与えた。

「マキは髪や目の色が薄いし、細いからね」

クリストファーが槙の着物姿を眺めて言った。達見のほうはどれを着てもぴったり似合い、さらに男ぶりがあがる。

これに喜んだのは槙で、自分用の着物はほとんどどうでもいいといったふうに選び、代わりに熱心に達見の着物を選びはじめた。次から次へとあれを着て、これをと選んではあててみて、仕立てる着物とは別にサイズのあったものを、結局何着かその場で買ってしまったほどだった。

とりたてて特徴のない紺地の着物すら、達見が着ると本当によく似合う。槙があれこれ着せてみたくなるのも、わかる気がした。

そうしてその姿を眺めてはしゃぐ槙を、達見が気恥ずかしくなるほど柔らかな眼差《まなざ》しで見つめている。

（あんなに夢中になれるなら、恋をするのもいいんだろうな）

槙たちを見ていると、つくづく思う。それができない自分をふり返ればどこか苦い気持ちがこみあげてくるが、そんなことはとうにわかっていたことだ。

「クリスさんは着ないんですか？」

「僕？　僕はもう持ってるからいいんだ。日本へ来て、すぐにつくったよ。マキはともかく、キリヤはやっぱりどれでも似合うね」

「まあ、こんな顔ですから」

細いのは桐也も槙と同様だが、槙ほど華奢でもないし、なにより髪も瞳もこれでもかというほどの黒だ。平均的な日本人の風貌だから、民族衣装である和服が似合うのも不思議はない。

「とりあえず、あわせるだけあわせたんです。もう満足されましたよね。俺は、着物は着ないからいりません」

「そう言われてもねえ。僕がキリヤの着物姿が見たいんだ」

「好きに想像してください」

「いいじゃない、一枚くらい持っていたって邪魔にはならないだろう？」

「そういう問題じゃないんです」

「これは僕の道楽だよ。自分のしたいようにするのに、自分の財布を開くのは当然で、なに

もおかしいことはないさ。キリヤが受けとりたくないっていうなら、つくるだけつくらせて、僕の部屋に置いておこう。それなら、かまわないだろう?」

どうでも仕立てる気になっているクリストファーを止めるのは、桐也では無理だ。かといって、達見にも槙にも、はなからクリストファーを止めるつもりはないらしい。

「安心していいよ。こんなことをしてもキリヤは困るばっかりで僕に靡《なび》いてくれたりしないのは、ちゃんとわかってるからね」

「……はあ」

そんな心配をしているわけでもない。なにかを対価として桐也を得ようというほど、クリストファーは相手に不自由もしていないだろうし、桐也自身にそれほどの価値もないのだ。

「着物一枚くらいで君の歓心を買おうなんて考えちゃいないさ」

桐也にはその一枚がいったいいくらするものなのか、むしろそちらが怖《おそ》ろしい。クリストファーは「着物ごときで」と言いたいようだが、桐也にとっては逆だった。

桐也ごときを口説くために、大枚をはたく必要なんてない。

どうしたらわかってもらえるのかな。

クリストファーは桐也のためにこうまでしているが、どうせいつか失望に変わる。たいした人間ではないのだと、どうしたら伝わるだろう。

大量の反物と着物にあふれた時間はすぎ、まず呉服店の一行が部屋を去る。一行のうちの比較的若い女性が、スイートルームを退室する際、意味ありげな視線をクリストファーに送り、クリストファーも軽く手を挙げて応えた。どうやら、知りあいらしい。

彼が言うところの『ガールフレンド』の一人だろうか。

続いて、達見と槙が部屋を去ろうとした。桐也も彼らと一緒にクリストファーの部屋を出ようとしたのに、クリストファーにきゅっと服をひかれる。

「なんです？　俺も帰ります」

「うん。帰るのはいいけど、ちょっとだけ待たない？」

「もう、用件はすんだでしょう？」

「すんだ。そうじゃなくて、二人の邪魔はしたくないだろ」

ああ、そうだ。

気が利かない。あれほど甘い恋人のあいだに、わってはいろうとするなど。

別に車に一緒に乗っていくとか、そんなつもりはなかった。駅まで歩いていって、電車で帰るつもりでいた。

（でも、そうだよなあ）

クリストファーに止められてあらためて気づくが、達見たちが歩いて帰ろうとする桐也を放っておくはずがない。

「楡井さん？　帰らないんですか。家まで送っていきますよ」

案の定、槙が首を傾げてそう言った。

「ごめんなさい。俺はクリスさんと少し話していきます」

「気を遣ってるなら、いいんですよ。それに、あの――」

桐也がクリストファーに口説かれて困っているのを、二人とも知っている。残って大丈夫なのかと心配げに見つめてくる槙に、桐也は笑って頷《うなず》いてみせた。

「俺のことは、気にしないでください」

「ちゃんと僕が送っていくから、心配しなくていいよ」

「おい、クリス。無理強いはするなよ。おまえが犯罪者になっても、庇《かば》わないからな」

「信用ないなあ。いいから、さっさと帰って好きなだけ二人でいれば？」

クリストファーの言葉を受け、まだ桐也を気にして迷う槙の背中を、達見が押した。

「キリヤも案外、人が好いよね」

二人きりになると、クリストファーがそう言って笑った。

「どこがです？」

「僕が言うことじゃないけれど、マキとヒロトを安心させてやるなんてねえ。あの二人、僕の片棒を担いでるのに」

「それは、そうですけど」

指摘されたのは事実だったから、桐也もそうしたいと考えただけだ。

「なにか呑むかい？　言ったとおりちゃんと送らせるし、酔わせて悪戯しようなんて狭い了見はもっていないよ」

「いえ、帰ります」

桐也は首を振った。話をしていくと伝えたのはただの方便で、それはクリストファーも承知のはずだ。達見や槙が去ってしまえば、桐也がいつ帰ろうとかまわない。

「今日は、ありがとうございました」

「そこは礼を言うところじゃないだろう。面倒なもの押しつけて、って怒ってもいいと思うんだけどな」

「もったいないとは思いますが」

浴衣《ゆかた》程度ならともかく、きちんとした和装などとても一人ではできない。結局、選ばれ仕立てられることになった着物は、もし桐也が受けとったとしても簞笥《たんす》のこやしになるだけだ。

着物は糸をほどけば仕立てなおしができるとどこかで聞いた記憶がある。できれば、桐也は受けとらず、他の誰かのために仕立てなおしてもらえたらいい。

もっとも、クリストファーがそんな手間をかけるとも考えられないし、彼なら直すよりあらたに買いいれるのだろうけれど。

「ねえキリヤ、真面目な話をしよう。聞いてくれて、それでも君が応じなかったら、これ以上困らせないよう、努力はするよ」

「努力なんですね」

困らせないとは言わないのだなと、思わず苦笑いが浮かぶ。

「しかたないさ。これぱっかりは僕も自信がもてない。話っていうのはそのことでね」

クリストファーはリビングのソファに桐也を座らせ、自分は斜めまえの席へかけた。ロゼワインを注いだグラスを桐也に向けて軽く押す。

船上パーティーの席で桐也が好んで呑んだものを憶えていたのか、単なる偶然か。クリストファーにはどちらもありえる。

「僕はどうやら心底欲しいものは我慢できないようでね」

さしだされたグラスをとるべきかどうかかつかのま迷って、それでもグラスを受けとった。

いつになく真面目な様子のクリストファーに息がつまるような気がして、なにかしていないとおちつかないからだ。

「俺はものじゃありません」

「わかってるさ。ものだったら、話は簡単だ。残念だけど僕が手に入れられないものなんて、この世にはたいしてないからね」

「残念、ですか？」

「そう。ついでに言うと執着するってことも知らないから、今までは無理な望みならさっさと諦められた。それがどうしても諦めきれなくて困ってる」

それほど、欲しいと思うような人もいなかったからね。クリストファーはいっそ冷たいと思えるような声で言った。

努力しないでもたいていなんでも手にはいるし、無理そうなものは諦めがつく。クリストファーが話したのはそういう意味だ。

たいしたものの言いようだ。ここは呆れるところなのだろうが、クリストファーの表情も声もまるきり本気のようで、本当に困っているのだとわかってしまうからたちが悪い。

諦めがいいのは桐也も同じだが、ただし桐也の場合、手にはいらないもののほうがずっと多い。なにかを得た記憶など、ほとんどなかった。

それほど欲しいと願うものはなかったが、前提条件として、どうせ自分には得られないものだろうと考えているから、欲しいと感じるまえにおりているだけだ。

「僕はいずれ国へ帰る。君は遊べるタイプでもなさそうだ。だから、触れてはまずいとわかっているんだけどね。……どうしてだろう、君を諦めきれない」

真剣な、それでいて困りはてたような表情で言われ、桐也はぐっと喉をつまらせた。

鼓動が跳ねあがる。こんなことを言われたのははじめてだ。冗談でも軽口でもなく、真剣なそれが、ぐらりと桐也を揺さぶる。

「あ、……の。クリスさんに言われるほど、たいした人間じゃないですよ」

傾ごうとする自分をこらえるため、桐也はどうにか口を開いて抗った。

クリストファーは、知人としてなら好きだ。けれど恋愛感情などさっぱり理解できない桐也は、これが恋ではないと知っている。

それでも傾いでしまうのは、こんなにも強烈に欲しがられた、それ自体への悦《よろこ》びだ。あまりいい感情ではないとわかっているから、どうにか踏みとどまりたかった。

「それを決めるのは君じゃなくて、僕だよ」

これを言うと、僕にはマイナスなんだけどね。言いおいて、クリストファーがふたたび口を開いた。

「僕といると、たぶん、君には面倒ばかり増える」

「……？」

どういう意味だろう。わからず、桐也は首を傾げた。

「とばっちりを受けて、怪我をさせられたばかりだろう」

「ああ、そういえばそうでしたね」

「まさか忘れてたの？　本当に、あっさりしてるね」

「だって、クリスさんが俺を撥ねたのではないでしょう？　逆恨みもやつあたりも、したほうが悪いんです」

「そう簡単には割りきれなくてね。これ以上近づいちゃいけないってわかっているのに、どうしても諦めきれない。とりあえず今は、店のオーナーと店長っていう大義名分があるから、定期的に会っていようとそれほど問題はないだろうけど」

「まさか、そのために店を買ったんですか」

「違う。それはあくまでオマケだよ。店はビジネスの一環だ」

彼は自分のグラスをぐっと呑みほし、あらたに酒を注いだ。

「もう、それだけじゃ満足できないんだ。仕事絡みだとか、ヒロトたちと一緒だとか、いちいち理由を考えなきゃならないなんて、我慢ならない。――僕にできるかぎりで君を守る。傷つけさせたりしない。だから、僕だけの君になってもらえないか」

「それ、は――」

どうして迷うのだろう。断ってしまえばいいのに。

こんなふうに誰かに、求められたことなどない。それも、よりによってクリストファーのようなにもかもを持つ人間が、自分をこうまで欲しがっている。

その昏《くら》くて歪《ゆが》んだ悦びが、断るのを躊躇《ためら》わせているのだ。いけないと思うくせにあまりに強烈で、ぐらぐらと気持ちが揺れてしまう。

「どうして、俺なんです」

「さあ。それは僕にもわからないよ。誰かを欲しいと思うのに、理由がいるかい？」

熱のこもった眼差しで、クリストファーが桐也を見つめた。

「どうしても、君が欲しい」

静かで、しかしきっぱりとした一言。桐也はごくりと喉を鳴らした。

「……すぐに、飽きますよ」

いつもと同じだ。クリストファーも、きっとすぐに桐也に飽きる。そうしてまた同じだと、薄っぺらな自分を思いしらされて傷つくだけだ。

痛い思いなど、したくないのに。

このいっときの悦びで彼の手をとるか、それともあとのつらさを考えて撥ねのけるか。

どうしたらいいんだろう。

考えて、自分で自分に嗤《わら》った。どうすべきかはわからない。けれど、どうしたいかははっきりしていた。つい今、クリストファーに「飽きますよ」と伝えたのだ。彼とつきあうのを前提としていたからの言葉だろう。

「そうかもしれないね。絶対にありえないとは言わないよ。僕だって、自分に混乱してるくらいだ。けれど、先のことなど君にもわからないだろう？　続くかもしれないじゃないか」

続かない。桐也はこっそり心中で告げた。だって、今まで一度だって続いたことなんかない。

クリストファーが立ちあがり、桐也のまえへ立った。彼は両手を伸ばして、桐也の両頰を包む。びくりと肩を跳ねさせて逃げようとした桐也を、クリストファーの眼差しと声が制した。

押さえているのは、頰を包む両手だけ。しかもたいして力など入っていない。それなのに、視線に縫いとめられて動けなくなった。

好意を持った相手から欲しがられて喜んでいる。——だから、動けない。澱《よど》んだ感情に莫迦だと自嘲《じちょう》する。

「試してみてくれないか。嫌だったら、殴るなり突きとばすなりしていい」

桐也を誘惑する言葉が、耳に甘く響いた。

試す、か。

クリストファーがそう言った意味はともかく、桐也にとってその言葉の意味は二つある。

一つは、自分が本当に同性を相手にできるかということ。クリストファーに口説かれても、嫌悪はなかった。そもそも他人に興味のない桐也には、男であれ女であれ、たいした違いはないのだなと自分で思ってはいた。けれど実際、触れてみて感じるのは別かもしれない。生理的な反応だけは、自分自身にすらどうにもならない。

二人ともがもういい年齢《とし》で、今さらプラトニックなんてあり得ない。それなら、今までとなにも変わらない。

そして、もう一つ。

(試されるのはクリスさんじゃなく、俺のほうだろうな)

彼が、桐也をどういう人間だと思っているのかわからない。わからないけれど、今までのパターンだと、いつもたいして時間もかからずに失望されて去られる。去られても、相手を失ったという意味のつらさはない。はじめから、心を傾けていないせいだ。心を傾けることができないからだ。

けれど違う理由でおちこみはする。自分の中に、他人があたりまえのように持っている情熱や感情がどうしても生まれてこないことと、誰であれ自分に関心を持ちつづけてはくれないこと、――自分が、つまらない人間であることに。

(たぶん、あなたはすぐ俺に飽きるよ)

見た目どおりなのだ。桐也は外から見える桐也のまま、それ以上もそれ以下もない。内面に複雑な部分や細かい感情など、なにも隠していない。

中味は空っぽだ。ものめずらしさかなにかで近づかれても、だからきっとすぐに飽きる。桐也に飽きて失望して、去っていくに違いない。

唇が重なった。ごく軽く、本当にただ触れているだけだ。

クリストファーの唇はひんやりと冷たかった。

「逃げなかったね」

触れていた時間が幻のように、それはすぐに離れた。

「そう、……ですね」

なるほど、自分自身の中をスキャンしてみたが、どこにも嫌悪はない。どうやら、相手が

同性でも大丈夫なようだ。

「どうしたの」

「はい？」

「不思議そうな顔をしていたから」

「ああ。すみません、相手が男でも、平気なんだなって思ったんです」

考えたそのままを告げると、クリストファーが目を丸くした。

「どうかしました？」

「いや、うん。ちょっと予想外の台詞《せりふ》だったなあ」

「だって、実際触ってみなきゃわからないじゃないですか」

「そうなんだけどね」

クリストファーが苦笑を浮かべた。キスをして、こんなことを言われて呆れたのだろう。けれど自分を飾ろうとは思わなかった。

つけ焼き刃で飾りたててもどうせすぐに剝《は》がれる。

クリストファーは愉快そうに目を細め、桐也の耳元へ唇を寄せた。

「だったらもっと、試してみるかい？」

「展開が早いですよ」

「チャンスは逃さないさ。一晩おいて、キリヤに『やっぱりやめた』なんて言われたらたまらないからね」

「言いませんよ」

それでも、桐也は伸ばされた手をとった。


こちらの「試す」は、とんでもなかった。

同性でも大丈夫だとかどうとか、そんなことはどこかへふきとんでしまうほど強烈だ。

一枚ずつ丁寧に服を脱がされ、最後に残った下着までもとり去られてしまう。同性のまえで肌を晒した経験はあまりなく、まして全裸となれば修学旅行の風呂場以来だ。

じっと見つめられるのが妙に恥ずかしくて、桐也は横たわったベッドの上で身体を丸めた。

「こら、隠さない」

「でも、あの」

「せっかくだから、見せて。ああでも、どうしても耐えられなくなったら、いつでもストップかけてくれていいよ。やめられるように——まあ、努力はする」

「努力ですか」

また、さっきと同じことを言った。

「しかたないだろう。キリヤに関しては、僕は自分に自信がないんだ」

どうしても欲しくて、欲しすぎるせいかな。抑制がもてない。ひずんだ声に囁《ささや》かれ、背筋がぞくぞくと慄《おのの》いた。

(どうして……？)

なぜ自分などをと戸惑いはある。けれど、これほどに求められるのはたまらない。それだけで、もうなんであれ明けわたしてしまいたくなるほどだ。

「ええと、あの」

「なに？」

「俺は、どうしたら？」

寝転がっているだけでいいんだろうか。それ以前に、まさかとは思うが桐也がクリストファーにする、のを求められている可能性はないのか。

おずおずと訊ねると、彼は「無理はしなくていいよ」と言った。

「そのまま、じっとしていてくれてもいい。触りたくなったら、好きに触って」

「……は、い」

横向きに丸まっていると、クリストファーの手に肩を摑《つか》まれる。やや強引に背中をシーツに押しつけられ、キリヤはたまらず目を瞑《つむ》った。

首筋にクリストファーの息がかかる。ぎゅっと肩を竦めたのにかまわず、彼はそこへ顔を埋めた。柔らかい髪と、唇とが薄い皮膚を探ってくる。

「……ぁ……」

総毛立つような感覚に、思わず声がもれる。

クリストファーの指が、唇が、桐也の肌を探った。少しずつ丹念に触れ、感じる場所を見つけてはそこばかりを集中的に愛撫する。

感覚も鈍く、触れることも触れられることにもそれほど興味のなかったはずの桐也は、彼によってじわじわと違うものへと変貌させられていった。

触られてもくすぐったいだけの乳首が摘《つま》まれ、指の腹に転がされる。片方は唇に含まれて吸われ、舌で弾かれる。

乳暈《にゅううん》を指がぐるりと擦り、刺激を受け尖りだした乳首に軽く爪をたてる。遠いところでうっすらと快感の種らしきものが生まれ、それは次第にはっきりと感じられるようになる。

閉じた脚のあいだを、クリストファーの膝《ひざ》が割った。強引に拡げると太腿を使い、桐也のその部分を上からぐりぐりと擦った。

「……ぃ、あ、あっ」

桐也のものが、むくりと頭を擡《もた》げた。

女性としか寝た経験はなくて、こんなふうに身体を弄《いじ》られたことはない。どこをどうすれば感じるのかなど自分自身さえ知らないのに、彼に暴かれ、晒されてしまう。

弄られつづけた乳首は固く尖り、軽く擦られただけでも痛いくらいだ。ひりひりするのに、そのくせ、触られていないとどうしてか疼《うず》いてたまらず、指や舌が欲しくなる。

腰骨のすぐ上に脇腹、腋窩《えきか》にまでクリストファーの舌が伸ばされる。そんなところに触れないでと泣いたのにやめてくれなくて、結局、桐也は彼の思うとおりに泣かされた。

耳朶《じだ》をそっと嚙《か》まれただけで、はしたなく腰が揺れる。彼の太腿で扱かれた桐也のものも形を変え、先端に体液の雫を滲ませはじめた。

（こんな、……どうして……？）

気持ちよすぎて、おかしくなりそうだ。尻の肉をぐっと鷲摑みにされ揉みしだかれると、ぞくぞくして妙な声がこぼれでた。

自分のものが、またじわんと濡れるのがわかる。クリストファーの指先がそこを擦り、体液を掬《すく》った。どれほど濡れているのか教えようとするのか、ぬるみを桐也のものの茎へねっとりと塗ってみせた。

「や、……だ、ぁっ」

恥ずかしい。桐也はしゃくりあげながら訴える。ひどく淫らになった気がして、どうにか彼の手から逃れようとする。

「悦《よ》くない？」

「そ、……じゃなく、てっ」

悦くないわけじゃない。逆だ。

（だって、こんな。……こんなの）

ねだるように腰を振って、胸を突きだして。じっとしていようと思うのに、身体がいうことをきいてくれない。

「悦いなら、やめないよ」

「そん、……あ、あっ」

内腿に、熱くて固いものが触れた。それがなんであるかなど、ふり向いてたしかめるまでもない。びくんと竦む身体をクリストファーの腕に捕らえられ、そのまま背中から抱きしめられて閉じこめられる。

「コレ、嫌？」

これ、と言いながら、彼は桐也の脚へとそれを押しつけてきた。

（ああ――）

その瞬間に感じたのは嫌悪ではなく、まぎれもない快感だった。どうしようもなくわかりやすい、欲の証がそこにある。

彼はただ、桐也の肌をまさぐっていただけだ。桐也からはなにもしていない。それなのに、はっきりと昂ぶっているのだと伝えられ、昏い悦びに身体が震えた。

「いや、じゃない……です」

「そう、よかった。最初はちょっと気持ち悪いかもしれないけど、少しだけ我慢して」

囁かれる声に、わけもわからないまま桐也はがくがくと頷いた。

クリストファーの手の中で、尻の肉がひしゃげる。ときどき、肉の狭間に指が伸ばされ、なにかを予告するように滑らされる。その指がなにかで濡らされたのはいつごろだろう。桐也の気づかぬうちに、クリストファーの指はなにかでたっぷりと濡らされ、尻の奥の窄《すぼ》まりへと触れた。

「おかしなものじゃないから、安心して」

言って、彼の指がそこへと入りこんでくる。なんともいえない異物感に、桐也はぎゅっと眉を顰《ひそ》めた。

桐也の気が削がれないように、背中や首筋へと唇が這う。尻を弄るのとは反対の手は胸元を探り平らな腹を撫で、桐也のものを摑んで扱いた。

うずうずと妙な感覚に襲われている奥と感じやすい場所とを同時に探られて、次第にどこでどう感じているのかわからなくなってくる。

入りこんだ指は濡れた音をたて、ゆっくりと抜き差しされる。はじめのうちは長い指の半分が入るだけでもきつかったのに、くり返されるうち、少しずつ口が緩んでくる。

完全に指を埋めこまれるようになると、指が増やされる。そうしてそこが拡げられ、身体の内まで彼へ明けわたしてしまう。

「ひっ」

奥の一点を擦られたとたん、腰が大きく跳ねあがった。桐也のものがぎゅっと凝《しこ》り、また少しだが体液を漏らす。

「今の、……なに？　ど、……して」

「大丈夫。どこもおかしくない。触られればこうなるようにできてる」

「そん、だって、……あ、あっ」

見つけたその部分を、クリストファーの指が執拗に抉《えぐ》った。ぐりぐりと指を押しつけ、擦り、鍵状に曲げた指でひっかいてくる。

(なんで、こんなところ、……なんで)

弄られた内襞がうずうずと熱を孕《はら》む。むず痒くてたまらず、どうにかしてとねだってしまいそうになった。

ただでさえ身体中を愛撫され、熱はあがる一方だ。この上知らなかった感覚までを憶えこまされ、桐也のものは痛いほど昂ぶりきっている。

がくんとくじけた腰は彼の腕に拘束され、逃げようにも逃げられない。強引に与えられる快楽に、桐也はふるふると首を振った。

「や、あ、あっ」

「感じやすいのはいいことだよ。ああ、……本当に想像以上だ」

「だ、め……っ、そん……っ。あああっ」

悪戯な手が桐也のものを弾いた。つま先までを衝撃が走りぬけ、桐也は喉を裂くような悲鳴をあげた。

ずぶずぶと奥を抉る指はこまやかに動き、弄られる指に馴染ませられる。無意識のうちに身を捩《よじ》り腰を振りたて、桐也のそこは口を窄めて指をしゃぶった。

「そこ、ばっかり……や、で……あ、あっ」

もう、こぼしてしまう。これ以上されると我慢できない。潤んだ声で訴えるとようやく、指が離れていった。

代わりにあてがわれたのは、指よりずっと大きくて固く、ひどく熱いものだ。

抜かれた指がそこに添えられ、口をぐっと開かれる。

「だいぶ蕩《とろ》けたね。こうするとほら、……赤くなってるのがわかる」

「やめ……て」

言わないで。桐也は自分の耳を塞ごうとした。けれど途中で遮られ、甘くてひどい声が駄目だよと囁いた。

「こんなに綺麗なのに。キリヤに見せてあげられないのが残念だ」

「やだ、……ぁ」

言われると、そこがひくんと収縮する。恥ずかしくてたまらず、桐也はべったりと顔をシーツに伏せた。

拡げられたそこに、丸いものがあたる。ぬちりと微かな音をたて、彼のものが桐也の奥へと押しこまれた。

狭いそこがぐうっと開かれていく。がっちりと腰を押さえられ、身動《みじろ》ぐことすらかなわない。痛みはないが圧迫感はひどくて、桐也は喉をひゅうっと鳴らした。

そこから気を散らせるためにか、クリストファーの手が桐也のものを包む。大きな手のひらに包まれ、ぐりぐりと揉みこまれる。

「あ、……やあ、ん、……ひあ、あっ」

とっさに脚を閉じようとすれば、入りこんだクリストファーの身体を強く締めつけてしまう。力をこめたせいでよけいに彼のものの形を味わわされる。

(はいって、……る)

まざまざと感じさせられたものに、桐也はぶるっと身体を震わせた。

「ひ、あ……ぁ……っ」

「まだ、だよ」

俯《うつぶ》せた背中に、クリストファーの唇が触れた。彼の舌が、滲んだ汗を舐《な》める。肌の上を柔らかな舌が動いただけで、飛びあがりそうになる。

膝を立て、大きく拡げた脚のあいだにはクリストファーの身体が入りこみ、桐也の奥には深々と、彼が突きささっている。

身体を支えていたはずの腕はとうに力を失って頽《くずお》れ、シーツに投げだしている。胸をべったりとつけた身体をささえるのは、何度も傾ぐ膝ではなく、腰を摑むクリストファーの両手だ。

「も、……ぅ……っ」

「まだ我慢できるだろう？」

「や、ぁ、……あっ」

桐也はぶるぶると首を振った。汗を吸い湿った髪が、つられてシーツを叩く。

奥を弄られる異様な感覚にはすぐに慣れた。慣れるどころか、そこで得られる快感さえ憶えさせられ、無理やりにのぼりつめさせられる。

二度放って、もうなにも残っていない気がするのに、それでもまだクリストファーの指に弄られ、唇にあやされると、そこここに埋まった快楽の粒が勢いをとり戻す。

（こんなの、知らない――）

頭の中は朦朧《もうろう》としていて、まともにものを考えられない。身体はくたくたなのに、きりのない快感に責めさいなまれている。

とにかく身体中が熱くて、どろどろと溶けていきそうだ。

「あああああっ」

ぐい、とクリストファーが最奥へ彼をねじこんだ。これ以上入らない奥まで、桐也の尻に

ぴったりと腰をつけたまま、なおぐいぐいと押しこもうとする。

その場所で短いストロークを刻まれると、内側から桐也の漲《みなぎ》りきったものへ伝わり、そこがきゅうっと凝る。

「も、う……や、っ、ね、……くり、す……さ、……っ」

解放してくれと、孕んだ熱を流してしまいたいとねだって、桐也はひくつく喉を鳴らした。ようやっと、桐也のものへ彼の指が絡んだ。ほっとして、これでいかせてもらえると嬉しくて、腰がなけなしの力をふり絞って揺れる。

桐也が腰を揺らすのにあわせて、なお速くクリストファーが腰をうちつけてくる。

「ア、……っ、あああ………っ」

ひくんと喉が動き、桐也はクリストファーの指を濡《ぬ》らした。そうして奥を、彼が放った体液に濡らされる。

桐也はそのままシーツに頽れ、今度こそ意識を手放した。


夢も見ないほどぐっすり眠った。目を覚ましてみれば朝で、一瞬の空転のあと、桐也の頭は猛烈な勢いで動きはじめた。

(うわうわうわ……っ)

これほど慌てたのはたぶん、生まれてはじめてだ。クリストファーの姿はベッドの周りにはなくて、桐也一人であったのが唯一の救いだ。

彼としたことを後悔はしていない。なにをしたか、なにをされたか思いだせば顔から火を吹くどころか全身の血液が沸騰蒸発してしまいそうだが、合意の上だし、だいたいセックスなんて多かれ少なかれ、恥ずかしくてみっともない。

慌てているのは、よりによって熟睡してしまったからだ。あんなことのあとに朝まで寝ていられるなんて、どれだけ暢気に見えただろう。

ことが終わってぐったりとシーツに沈んで、そこから先の記憶がない。汗や体液で汚れていたはずの身体はやけにすっきりしているし、着た覚えのないシャツや下着を着ている。どう考えてもこれは、クリストファーがしてくれたはずだ。

熟睡したうえ、意識のないうちにあれこれ世話されるなど、逃げだしたいほど恥ずかしい。

「ああ、起きたんだね」

声が聞こえ、桐也ははっと身体を起こした。とたん、腰の奥のあらぬところに鈍痛が走る。

「急に動かないほうがいいと思うよ。一応、傷がないかどうかたしかめたけど」

「……たしかめた、んですか？」

ひいっと悲鳴をあげそうになる。たしかめたということはつまり、あんな場所をしげしげと見つめられたということだ。

そりゃあ、昨晩だって嫌というほど見られもしたし触られもしたけれど、あの最中にされるのと素のときにされるのとでは違うのだ。

「当然だろ？　気をつけてはいたけれど、間違いがあったら大変だ。炎症止めの薬は塗っておいたから、しばらくすれば収まると思うよ」

気を遣ってくれた礼を言うべきか、準備がいいと呆れるところか。どちらもできなくて、桐也はこれ以上ないほど赤らんだ顔を俯けるのが精一杯だった。

「それで、キリヤ。どうだったのかな」

「痛みですか？」

これ以上どんな恥がある。桐也は弱りはてて呻《うめ》くような声で言った。

「そっちじゃなくて、試してみてって言っただろう。結果は？」

「それを訊《き》くんですか。野暮ですね」

クリストファーらしくもなく野暮だ。最中の桐也の様子を見ていればわかるだろうに。桐也はぎゅうっと顔を顰めた。

「野暮にもなるよ。楽しんでいたからといって、後悔しないわけでもないだろう？」

「好きに解釈してくださってかまいませんよ」

悦かったとストレートには言いにくい。どう答えたものか迷って、桐也は遠まわしに告げる。

「そう、よかった」

意図は当然ながら正確に伝わり、クリストファーがにっこりと笑んだ。

「身体の相性はよかったってことだね」

クリストファーの表情があんまり嬉しそうで、見ている桐也が照れてしまう。

「ずいぶん、嬉しそうですね」

あれだけ上手いクリストファーにされれば、誰だって気持ちよくもなるだろう。そこまで喜ぶようなことだろうか。

(そういうものでもないのか……?)

桐也は首を傾げた。

「大事なところだよ。当然だろう? そりゃあ身体だけなら他に探せないわけじゃないけれど、感情があったほうがもっとずっといい。僕はキリヤとそういう関係になりたいんだ」

「そういう関係、って」

「うん? 会いたいときに会って、触りたいときに、いつでも触れられる関係かな。恋人とか、名前は好きにつけてくれていい」

クリストファーはベッドの縁に座り、桐也の髪へ手を伸ばした。びくりと震えた桐也にかまわず、彼はそのまま髪を撫《な》で、頬を滑らせて顎《あご》を摑む。

「こんなふうにね」

ごく軽いキスが、唇を掠めた。

「もちろん、君の気分が乗らないときは言ってくれればやめる。無理じいはしない」

「……はあ」

「僕はキリヤが好きだ。だから君に触りたい。身体だけでも気持ちだけでもなく両方欲しい。君に僕と同じ気持ちでいてくれとは言えないけど、少なくとも僕がそう思っていることだけは、憶えておいて」

額にこめかみに頬に、触れるだけの優しいキスが注がれる。くすぐったくて不思議と甘い感触にいちいち身体が震えてしまうのは、昨晩の快楽の名残が、まだ残っているせいだろうか。

それとも、クリストファーの眼差しが気恥ずかしいほど甘いせいだろうか。

「キリヤが他の誰かとセックスしたくなっても止める権利はないけど、できればしばらく、僕だけにしておいてくれると嬉しい」

「しませんよ」

なににつけ欲に乏しい桐也は性欲も淡泊だった。どうしようもないときは自分で処理するだけで、特に相手が欲しいと考えたことはなかった。

「そう？　よかった」

あんなふうに我を忘れるほど、快楽に溺《おぼ》れたことなど一度もない。あれほど、汲《く》めども尽きぬ欲望が自分の中に眠っていたなんて、桐也自身さえ知らなかった。

クリストファーが桐也を呼ぶ声、強く抱きしめてくる腕、荒れた呼吸。少しでも思いだせば、まだ身体の奥底にひそむ熾火《おきび》のような欲望で、じわりと熱があがる。

あれほどの強さで欲しがられる。それがどれほど悦いものか、クリストファーにはわからないだろう。

(あんなこと……、今までなかった)

与えられた快楽の深さだけじゃなく、欲しがられる強さが、きっと桐也に火をつけたのだ。

「でも、俺はあなたと同じ気持ちはたぶん、返せません。……誰かをそんなふうに、好きになったことがないんです」

「うん。かまわないよ。いずれはと思いたいけど、こればっかりはどうしようもない。なるように任せるさ」

もう一度髪を撫で、唇と手のひらが離れた。

「いつか君が、なにを捨てても僕が欲しいと思ってくれたらいいな」

クリストファーに言われ、桐也は苦い笑みを浮かべた。おそらく、それを誰より願っているのは桐也自身だ。

求めたり求められたり。他の人たちがあたりまえにしているそんな感情が、自分にもあればいいのに。

桐也の中にはなく、望むだけ無駄なのだと、もうとうに諦めているけれど。

＊　＊　＊

恋人だとかつきあうだとか、そんな関係になっても、桐也からはなにもできない。電話をしたほうがいいんだろうか、自発的に会いに行けばいいのか。どうしたらいいかわからないと正直に告げたが、クリストファーは無理はしなくていいと笑った。

『僕が連絡をするし、僕が誘うさ。もちろん、いつでも君から連絡をくれるなら大歓迎だよ』

キリヤは今までのままでいい。ただ、僕を受けいれてくれれば。

クリストファーの望みはそれに尽きるのだという。

ほっとしたのと同時に、不安が頭を掠めた。今までもずっとそんな調子で、そうしていつも最後には彼女たちが去っていったのだ。

(クリスさんもいずれ、俺に飽きるんだろうな)

どうやって終わるかはわかっているなんて、皮肉なものだ。そのときにやっぱりなと自分が落胆して、傷つくだろうことも、しかたないと諦めることもすでに見えているというのに、性懲りもなくまたはじめてしまった。

クリストファーのような男に求められ、欲しがられることは、それほどに強く桐也を揺さぶったのだ。

クリストファーから連絡があったのはホテルでの夜から四日後のことだった。会いに来てほしいと請われ、桐也はすぐに承知した。

求められる心地よさに溺れ、そのくせ彼と同じ気持ちを返せないうしろめたさがある。代わりに、せめてできるだけは望みどおりにしたいと思う。

クリストファーと会うのは、彼の滞在するティレニアホテルの部屋でだ。

桐也はともかく、どうしたってクリストファーは目立つ。彼の素性が広く知られているわけではないが、いくら外国人の多い土地柄だといっても、飛びぬけた美貌は隠しようがない。

誰にも見られる心配のない場所となればもう、彼の部屋以外どこにもなかった。

当然、ホテルの従業員たちには知られるが、そこにも二重の予防線がひかれている。一つは店の経営者と雇われ店長としての身分だ。もともとクリストファーは店の客として出入りしていたし、このホテルの部屋は彼が仕事場としても使っている。訪ねるのに、別に不思議はなかった。

誘いの電話で、いろいろと話をした。

彼は桐也と必要以上に親しいのが知れわたるのをとても怖れている。以前のように彼の事情へ巻きこんでしまうのはもう二度と嫌だ、ということらしい。

関係が変わってからは特に気を遣うようで、桐也と親密な仲であるのを、可能なかぎり隠そうと試みていた。

カジノホテルの建設は順調で、当面の危機はないだろうという話だ。それでもまだ警戒を緩めないのは、どうやらクリストファー個人と彼の家に対する怨恨《えんこん》も気にしているようだ。

『すべての危難から守りきれるとは思っていないよ。そうしたいけれどね』

不慮の事故、病気、クリストファーとはまるで関係ないところで事件に巻きこまれること、それは誰であれ起こりうるし、完璧に防ぎきるなど不可能だ。けれど彼は、少なくとも防ぎきれるだけの危難は防ぎたいと言って譲らなかった。

約束の日、店を閉めた桐也は、クリストファーが寄越すと言っていた迎えを待った。

ＣＬＯＳＥＤの札がさがったドアが開く。入ってきた人物を見て、桐也は目を丸くした。

「クリスさんじゃなくてごめんなさい」

現れたのは槙だった。

彼らが桐也を迎えにくるのははじめてじゃない。けれど、関係が変わってまでもとなると、さすがに驚く。

「かまいませんけど、どうして？」

「楡井さんに、なにかあったら困るからって。予防策だそうです」

槙は一時、あのホテルでクリストファーや達見に匿《かくま》われていたし、そもそも彼の持っていた土地をクリストファーたちに売った、という状況はすでに広く知られている。そして槙と桐也とは親しくしているから、彼らと一緒に動くならそれほどおかしくはないだろう。

なるほどこれが二つめの予防線らしい。

「山路さんは、大丈夫なんですか」

それにしても、あえて迎えにきてくれたということは、槙はすでにクリストファーと桐也の関係を知っているのだろうか。考えただけで叫びだしたくなるほど恥ずかしい。

「俺は平気です。達見さんがいてくれますから」

槙の乗ってきた車を覗くと、運転席には達見の姿があった。

「それとまえにも話しましたが、楡井さんが怪我されたのには、俺も関係してるんです。このくらい、お詫びにもなりません」

クリストファーたちに土地を売ったのは槙だ。山路家にもいろいろと問題があったそうだが、すべてもうすんだことだった。

「あれはもういいって、クリスさんにも言ってるんですけど」

「楡井さんはよくても、俺の気がすまないんです。だから、お迎えくらいはさせてくださいね」

「それにしても、お二人とも驚いてませんね」

「なにがです？」

「俺と、……その、クリスさんのことですけど」

「ああ」

槙の代わりに、達見が答えた。

「そりゃ、あいつがあれだけ執着してりゃな。あなたには気の毒だが、こうなるだろうとは予想してた」

達見は、この場の誰よりクリストファーとつきあいが長く、彼に詳しい。

「俺はずいぶん昔からあいつを知ってるが、あんなのははじめてだったからな。手ぇだせないってわかってる相手にムキになるなんざ、らしくない」

やけに楽しげなのは気のせいだろうか。槙へ視線を投げかけると、彼は達見と桐也のあいだをきょろきょろと見て、それから困った顔をした。

「えーと、……はい。俺も、なんとなくそう思ってました。楡井さん、クリスさんにふりまわされそうで大変だなー……、なんて」

「でも、クリスさんには他にもいましたよね？　女の人とか」

「通りすがりにな。一度かせいぜい二度会って、それで終わりだ。あいつがなに考えてるかなんて俺も知らないが、今までは必要以上に他人に深入りしやしなかったさ」

これには達見が答えた。ならば自分は深入りされているのだろうか。

わからない。桐也はなにも言えず、つかのま黙った。そうして話題を逸らそうと、槙に声をかける。

「山路さん、仕事はその後どうですか」

露骨な話題転換だが、彼は追及しない。桐也のふった話題に、あっさりと乗ってくれる。

「すっごい大変ですよ。当然ですけど、指導してくれる人はめちゃめちゃ厳しいし、宿題も山ほどでるんです。こんなに大変なのは、学生のときにもなかったくらいです」

彼はいずれ、クリストファーと達見が建てるカジノホテルで支配人になるそうだ。オープンまでのあいだは修業だとかで、彼らの母国から呼びよせた教育係について、猛特訓中だった。

大変だとは言うが、声は弾んでいる。それでも、毎日が充実しているのだろう。

「達見さんの脚をひっぱらないようにしないとって、もう必死です」

「達見さんはずっとこちらに？」

「はい。残ってくれることになりました。ときどきは、あちらに戻らなきゃならないみたいですけど」

ハンドルを握る達見は、今度は口を挟んでこない。

「達見さん、本当はここが、あんまり好きじゃないんです。それでも、残るって言ってくれた。だから俺も、できることはなんでもするって決めてるんです。もし、どこか別の場所へ移るって言っても、ついていっちゃいますけど」

「羨ましいです」

桐也は思わず本音をこぼした。

「俺がですか？」

「はい。嫌味とかじゃないですよ？　すごく幸せそうで、いいなあって」

「浮かれてるようにみえますか」

「そうじゃないですよ。あんまり上手く言えないんですけど、雰囲気がとても柔らかいっていうか」

桐也も今、形の上ではクリストファーと『恋愛』をしているはずだ。けれど、自分が彼のようになれるとは、まったく思えない。

身体はすぐにクリストファーに馴染んだ。彼の匂いを憶え、囁く声の響きを憶え、汗の味も憶えた。けれど、まだ心が置いてきぼりのままだ。

(これから、どうなるんだろうな)

結末はとうに、見えているのだけれど。


ノックと同時にドアが開き、クリストファーが迎えてくれる。

「おい、いきなりドア開けるなよ」

顔を顰《しか》めて注意したのは達見《たつみ》で、クリストファーはそれに肩を竦《すく》めて応じた。

「ちゃんと覗《のぞ》き穴から確認したさ」

「だからってなあ」

「ヒロトが一緒なのに、おかしな奴がまぎれこむはずないだろう？」

「信頼してくれてどうも。どうせ言うなら、早くこの人に会いたかったって素直に白状したらどうだ」

「そんなの、言うまでもないだろう？」

達見と槙《まき》とは、クリストファーの部屋のまえで別れた。彼らはしばらく仕事をしていくらしい。

いくらでも仕事はあるさと笑って言ってくれたのももちろん嘘ではないのだろうが、あれはたぶん、桐也《きりや》の気を軽くさせてくれるためだろう。

部屋には他に誰もいなかった。リビングで、クリストファー自らが動いてコーヒーを淹《い》れてくれる。

「ありがとうございます」

「どういたしまして」

促されてソファに座ると、クリストファーは当然のように隣に腰をおろす。ぴったりと身体《からだ》があたる距離にはまだ慣れず、どうもおちつかない。

彼はいつもと同じように、ノータイのスーツ姿だ。

「あの」

「早く、僕に慣れてくれると嬉しいんだけどな。まあ、キリヤから抱きついてくれ、なあんて望みは抱《いだ》いてないけど」

それは裏を返すと、そうしてほしいと言っているのだろう。

(できるわけないよ)

こういった関係は、ほとんど経験がない。何度かつきあったことのある女の子たちとも、かなり淡泊なつきあいだったのだ。

「すぐには慣れるなんて無理です」

「毎日会えたら、すぐに慣れてくれる？」

クリストファーが拗《す》ねた顔で言った。

「毎日なんて無理ですよ。あなたも俺も、仕事があるでしょう？」

多忙なのはクリストファーだ。桐也は週に二回きっちりと休みをもらっているし、店を閉めたあとの夜は空いている。

対してクリストファーは現在、カジノホテルの建設中であり、新しく起ちあげたその事業のためにあれこれと忙しいらしい。他にも、すでに抱えている事業や母国での雑事もある。

「わかってるさ。それでも、やっとキリヤとこうなれたんだから、毎日でも会いたいって思ってしまうんだよ」

「五日まえに会ったばかりですよ？」

「五日も経《た》ってる。僕には長かったよ。夜中にキリヤがここにいたらいいのにとか、なにかを思いついて、ああこれを今すぐキリヤに話したいって焦《じ》れてみたりね。次に会うのが待ちどおしかった」

「そう、……ですか？」

いないものはいない。次に会える日は決まっていたり、決まっていなければ約束をとりつけたらいい。話したいと思うなら、会えたときに伝えたらいい。

（それじゃ駄目なのかな）

クリストファーの話す気持ちがしっくりこなくて、桐也は首を傾《かし》げ、曖昧《あいまい》に笑んだ。

「相変わらず素っ気ないね」

「すみません」

「まあいいさ。キリヤがそういう人だってことはわかってる。それに——」

クリストファーは言葉を途中で切り、桐也の肩を手のひらで包んだ。その手のひらはそろりと肩の骨を撫《な》で、ゆっくりとさがっていく。

「もっと可愛いキリヤを見られるから、いいさ」

「あ、の」

ただ、シャツの上から肩や腕を撫でられただけだ。

背が慄《おのの》くのは、微妙な触れかたのせい。憶えたての悦楽を呼びさまされて、顔が上気する。

「ほら。そんなふうに赤くなられると、この場で食べてしまいたくなるね」

「な……っ」

顔を覗きこんでくるクリストファーの目は細められ、桐也の反応を面白がっているのは明白だ。平然と流せばいいのだろうが、こんなことには慣れていない。指先どころか視線が肌を撫でるだけでも、いちいち飛びあがってしまいそうになる。

「意外に素直で従順で、そのくせ奔放なのがたまらない」

「もう、やめてください」

言葉でまで示されて、くらくらと目眩《めまい》がする。

「なにを？」

「わかっているでしょう？」

抗議した唇に、クリストファーの指が触れた。

「さあ。どうかな。僕が想像しているのと、キリヤが考えているのでは、違うかもしれないよ。なにが嫌なのか、言ってみたらどうかな」

「嫌です」

触られるとおかしくなる。触られるだけじゃない、ただ見つめられただけでも、身体から力が抜けてしまいそうになる、なんて。

「強情だね」

「クリスさん、意地悪です」

「うん。だってキリヤが困っている顔、すごく可愛い」

「可愛くなんてな、……あ、あっ」

クリストファーの手がシャツの裾《すそ》からもぐりこみ、剝《む》きだしの肌を探った。ぞわりと肌が粟立《あわだ》つような感覚が走り、桐也は身を竦ませた。

「やっぱり駄目だな。キリヤが傍《そば》にいると、触りたくてたまらない。今日くらいはなにもしないで、ただ話をして食事をして、それだけで帰してあげようって決めていたのに」

「そ、なんです、……か?」

話をしながらも、クリストファーの手や唇が肌の上を滑る。感じてしまうところをくすぐられ、声が詰まり、跳ねあがるのが恥ずかしい。

「うん。だって前回はじめて抱いたばかりなのに、今日も会ってすぐこれじゃ、なにがっついてるんだって呆《あき》れられそうだろう?」

「べ、つに……そんな」

シャツのボタンが一つずつ外されていく。はだけられた胸元を、彼の唇が啄《ついば》んだ。乳首の周辺へ執拗《しつよう》にキスされ、舐《な》められて、触れられてもいないそこが期待できゅっと固くなる。

「あんまり信用されないだろうけど、次はなにもしないと誓うよ」

固く尖《とが》ったそれを、クリストファーの唇が含む。桐也は喉《のど》を鳴らして仰《の》け反《ぞ》り、ソファの背に身体を預ける。

「ねえ、キリヤ。誰にも見つからない場所があるよ。用意させるから、次はそこで会おう」

胸はたっぷりと濡《ぬ》らされ、ずきずきと疼《うず》くまで弄《いじ》られる。唇がそこから離れても、代わりに指が添えられる。

摘《つま》まれ、ひっぱられて、桐也は首を振った。

「ひ、ああっ」

「返事は？」

クリストファーの唇がこめかみを滑る。

「は、……い」

声が掠《かす》れる。言葉の最後はクリストファーの唇に呑《の》みこまれ、舌にくるまれ、溶けた。

＊　＊　＊

約束どおり、次の逢瀬《おうせ》には外へ出かけることになった。

その日、桐也は休みで、前回と同じく迎えに来てくれた槙たちに連れられ、いったんホテルの駐車場に着く。そこでクリストファーとおちあい、彼の車へと乗りかえた。

ふだん愛用している車ではないそうだが、後部座席側はスモークガラスが張られたセダンだ。ドライバーはクリストファーのボディガードで、助手席にもう一人、やはり黒服の男がいた。

「堅苦しくて悪いね」

「いいえ」

二人きりではないのが、ほっとするやら緊張するやら、なんとも複雑な気分だ。そんな桐也の心中に気づいているのだろう、クリストファーが苦笑する。

「外へ出ても大丈夫なんですか？」

「これから行く場所はね。どこへでもってわけにはいかないけれど」

連れていかれたのは、達見と槙が暮らしているアパートメントホテルだった。広い敷地に、小ぢんまりとした建物がある。

達見はクリストファーの事業共同経営者だが、ここは彼が槙とゆっくりすごすため、個人的に買いいれたものだそうだ。

二人で暮らそうっていって、ホテル買っちゃうところがすごいよな。

クリストファーといい達見といい、いちいちやることが大きい。

「達見に頼んであるから、僕らがいるあいだは誰も入らないよ」

誰にも見つからない場所とは、ここのことだったのか。話には聞いていたが、実際に足を踏みいれるのははじめてだ。

「ここ、ホテルですよね？　誰かお客さんがいるんじゃないですか」

「まだいないよ。お客さんは受けいれてない。しばらく、ヒロトがマキと二人で暮らしたいんだろうね。マキも今は大変だから、周りに人を入れてわずらわせたくないんだろう。あいつはマキに甘いから」

「……はあ」

「あとで中も案内するよ。ただし、今日のメインはホテルじゃなくて、こっちだ」

クリストファーは桐也を連れ、温室へと向かった。

「僕はどうしてか薔薇が好きでね。ここになにか置きたいっていうので、薔薇園にしろって無理やりごねてみた。一年中、なにかの種類が咲いているよ」

温室と言われてさぞ暑いのだろうと思っていたが、中はちょうどいい温度だった。むしろ、外よりもすごしやすい気がする。

色も形もさまざまに違うが、すべて薔薇なのだそうだ。桐也は目を瞬《しばたた》かせ、しばらく薔薇の群れに見入った。

「キリヤにも見せたかった。僕のお気にいりの場所だよ。ホテルが営業をはじめたら人が増えてしまうのが残念だな。いっそここだけ、僕が買いとろうかな」

「無茶なこと言いますね」

もちろん冗談なのだろう。けれど本気で残念そうに言うから、つい笑ってしまう。達見のホテルの一部を買いとるくらいなら、クリストファーもどこかへ家でも買って庭に薔薇園をつくるか、薔薇園そのものをつくってしまえばいいのに。

そこまで考えて、はっと気づいた。この人は、いずれ母国へ帰るのだ。どうせ薔薇園をつくるのなら母国の家のほうがいいだろうし、そもそも、もうあちらには持っているのかもしれない。

いずれ、いなくなる。その日はすぐ来るのか、それとも何年もあとなのだろうか。はたして、その日までクリストファーは桐也に飽きずにいてくれるのだろうか。

(無理、かな)

帰るのが三カ月だとか半年後だというなら、もしかしたらまだ飽きずにいてくれるかもしれない。けれど一年以上となるとほぼ望みはないだろう。

桐也は空っぽで、見たままの人間だ。外側から見ていた印象となにも変わらないとわかれば、きっとこの人もいなくなる。

「綺麗《きれい》ですね」

胸の痛みを隠そうと、桐也はあえて声を弾ませた。

「うん。だろう？　めずらしい種類も揃《そろ》えさせたんだ。手入れが大変だそうで、ヒロトにはよけいな人件費がかかるって文句言われたけどな」

言って、クリストファーがくすくすと笑いだした。

「どうかしました？」

「ああ、うん。ここをせっかくつくったのに、なかなかマキが来たがらないんだ。こんなに見事なのにね」

「山路《やまじ》さん、薔薇がお嫌いなんですか」

「そうじゃないよ。ヒロトが、ここでマキによけいなことをしたせいだ」

よけいなこと、を強調して言って、彼がにんまりと口の端を吊《つ》りあげる。

そういうことか。迂闊《うかつ》なことを訊《き》いてしまった。桐也はかっと頰《ほお》を赤らめた。

「そういえば以前、マキに、脅し文句と一緒に大量の薔薇の花びらがとどいてね。僕が捨てたんだけど、今なら、違う使いかたをするかな」

「はい？」

「あれをベッドに散らして、その上にキリヤを寝かせてみたいね」

「――ッ」

とんでもない情景を口にされ、桐也は声にならない悲鳴をあげる。

「咲いている花から千切ったら可哀相《かわいそう》だけれど、誰かに千切られたものならかまわないだろ」

「そ、ういう問題じゃありませんっ」

「薔薇も、有効利用されたほうが嬉しいだろうに」

「だから、そうじゃなくてっ」

このさい、薔薇の花がどうなろうと、桐也の知ったことではない。そうではなくて、とんでもない想像のほうをやめろと頼んでいるのだ。

「キリヤ、手をだして」

狼狽《うろた》える桐也に笑みながら、クリストファーは「両手をくっつけて、こう」と、動作で示してみせる。

桐也はわけもわからないまま、示されたように、手のひらを上にして彼へ向けた。

クリストファーはすぐ脇にあった、深紅の薔薇の花を折った。

「あっ」

「ヒロトにはあとで言っておくよ」

「さっき、咲いてる花から千切ったら可哀相だって言ったじゃないですか」

「うん、言ったね。でも、もう折っちゃったしね」

クリストファーは折った薔薇から花びらを千切りとり、桐也の手のひらの上へ散らした。深紅は桐也の肌を飾り、いくつかはひらひらと舞いおちていく。

「ああ、ほら。やっぱり綺麗だ。キリヤはこういう、少し暗めの強い色がよく似合うね」

言うなりクリストファーが身体を折り、薔薇の花びらを載せた桐也の指先へ唇を寄せた。

「っ――」

薄く柔らかい唇が、指先に触れた。

ぶるっと身体が震える。

薔薇園の中は空調が効いている。暑すぎず寒すぎず、ちょうどいい温度が保たれていた。それなのに、顔が火照る。

クリストファーは体温が低くて、唇など少し冷たいくらいだ。それでも、触れられたところはひどく熱い。

まるで毒でも塗られたようにじんと痺《しび》れてあとをひく。手をおろすこともできないまま、桐也はきゅっと指を曲げた。

クリストファーは目を細め、桐也の様子をじっと見つめている。そうして、彼の長い腕が桐也の腰へかかった。

「こんなところじゃ、駄目です」

ひき寄せられて抗《あらが》うが、緩くもがくだけのそれにたいした意味などない。頭がどうかしてしまったのだろうか。それほど嫌がっていない自分に呆れる。

きっと、さっき触れた唇から、甘い毒がまわったのだ。

「わかってるよ。僕はヒロトほどがっついちゃいないさ」

「だったら――」

クリストファーのその手は、どうして動いているんだろう。手のひらがゆったりと背中を撫で腰をすぎ、臀部《でんぶ》の丸みへとかかる。

背筋が慄いたのに、桐也は小さく身震いした。

「無茶はしないよ。まだキリヤに嫌われたくないからね。でも、いい雰囲気だから、少しだけもらってもいいだろう？」

間近にある青い瞳が、情熱をこめて桐也を射た。クリストファーの美しい顔に欲情が滲《にじ》み、ぞくぞくするほど艶《なま》めかしく映る。

「あ、の」

声が喉にひっかかり、上手《うま》く話せない。そもそもなにを言おうとしているのかさえ、自分でもわからない。

吐息がかかるほど傍に、クリストファーの顔が近づく。鼻の頭が悪戯《いたずら》めいてぶつかり、じゃれるように擦《こす》れあう。桐也は瞼《まぶた》を閉じ、軽く顎《あご》をあげた。

唇同士が触れて、重なって、何度も啄まれる。柔らかい唇はこんなにも自由に、艶めかしく動くことができるなど、クリストファーに会うまで知らなかった。

だらりとさげていた腕をあげ、クリストファーの袖《そで》をぎゅっと掴《つか》む。キスしているだけなのに、膝《ひざ》に力が入らない。

（溶けそうだ）

クリストファーに触れられるたび、いつも思う。触れられた場所から熱に煽《あお》られてとろとろと溶けて、形がなくなっていきそうな気がする。

気持ちいい。桐也はぼうっと目を瞑《つむ》り、唇の感触を味わった。

「そろそろ、出ようか」

「はい」

「そんな目で見られているとおかしな気分になりそうだ。ぼんやりして、潤んでて、たまらないね」

「――！」

ひそめた声で囁《ささや》かれ、桐也はカアッと顔を赤くした。なるべく顔を見られないようにと俯《うつむ》き加減にしていると、クリストファーが可笑《おか》しそうに「隠さなくていいのに」と告げてくる。

あんなことを言われて平然とできるほど、桐也は練れていなかった。

快楽に流される自分など今まで知らなかったから、どうしていいかわからない。狼狽えて戸惑って、クリストファーをいたずらに面白がらせるばかりだ。

温室を出て、広い庭をゆっくりと散歩する。

「ここの敷地内には関係者以外、入ってこられないからね。こぢんまりしたホテルだけど、ヒロトが気を配っているから、安心していいよ」

近くに高いビルはない。鉄柵《てっさく》と庭木に囲まれた敷地内を観察するには、ホテルの部屋から眺めるしかない。

あちこち目立たないところに監視カメラが仕掛けてあるが、これぱかりはしかたがない。

「カメラは、あとで僕がヒロトからきっちり回収しておく。モニタ以外に、あいつのマシンに転送されてるからなあ」

「俺は気にしませんよ」

歩いているだけなら、とりたてて困らない。まして、映像を預かるのが達見ならばおかしな使われかたなどしないだろうし、クリストファーに不利な事態にはならないはずだ。

「僕が嫌なんだ」

「やっぱり、まずいですか？」

「キリヤの姿が映っているものなんて、他の誰にも見られたくないね」

「……なに言ってるんです」

「本気だよ？」

くすくす笑いながら言われて、まともに受けとるほうがどうかしている。

手入れされた綺麗な庭をのんびりと歩きながら話す。クリストファーは建物の脇あたりをちらりと見あげた。どうやら、そのあたりにも監視カメラがあるようだ。

「外っていっても敷地内で見張りつきじゃあ、デートって雰囲気にもならないね。本当は、好きな場所へ好きなだけ行けるといいんだけど」

「しかたないんでしょう？」

「そうだね」

残念そうに言われて、桐也は曖昧に笑むしかなかった。

外出できないといっても、クリストファーと会うときだけだ。それ以外、ふだんは仕事もしているし、自由にどこへなりと出かけている。

外では会えないことよりも、自分や彼を知る人々のいるすぐ傍にいなくてはならないことや、会っていると知られていることが苦手なのだ。

そして、知られてはいけないのだと思うと、いつどこで見られているかもしれないと始終緊張してしまって、疲れる。

出かけられない不便さより、そちらの理由のほうがずっと大きい。

「でもクリスさん、他の人とは出かけてますよね」

女の人と、と続けそうになった。妬《や》いているように聞こえるような気がして、桐也は言葉を途中で呑みこんだ。

まだ桐也とこうなる以前、彼はときどき桐也の店へ女性を連れてきていた。彼女たちは、桐也のように隠さなくてもよかったのだろうか。

「ええとその、山路さんたちとではなくて」

ぼかして言ったけれど、どうにか意図は伝わったらしい。ああ、と、クリストファーが笑った。

「キリヤといるときの僕の態度がまずいんだ。君が好きでたまらなくて、露骨にわかってしまうからね」

「そう……ですか？」

「まいったな、肝心のキリヤにはわかってもらえないのか」

「だって俺は、他の人といるところをずっと見ているわけじゃありませんから」

それほど、違っていただろうか。店を訪れたときの彼の様子を思いかえしてみるが、それほどじっくり観察していなかったので、よくわからない。

たしかにあちこちに触れたりはしていなかったようだが、それは公の場であるからではないのだろうか。

「完璧に装おうとすればできるかもしれないけれど、それじゃあ一緒にいる意味がないだろう？　せっかくキリヤといるのに、外向けを装うなんてつまらない」

ごく最初のころを除いて、クリストファーといてあまり他人行儀な様子を感じたことはなかった。初対面で口説かれてそのままずっと、今に続いている。言われてみれば、今になって節度のある応対なんてされたら戸惑うだろうな、と思う。

「外へなんて言っておいて、こんなところしかないのはすまないと思ってる」

「いいえ？　綺麗ですし、楽しいですよ？」

彼の感覚と桐也のそれとがずれているのはしかたがない。見ているものが違うのだ。彼はひたすら桐也を巻きこむまいと気にして、桐也は自分自身の恥ずかしさと対峙《たいじ》している。

「あの、俺、楽しんでいないように見えてましたか」

「そういう意味じゃないよ。これは僕の問題。もっと、キリヤをあちこち連れてまわれたらいいのにな、って話さ」

ありがとうと言うのがいいか、それともそうですねと相槌《あいづち》を打てばいいのか。それほど気を遣わなくていいのにと思いながら桐也が迷っているうちに、クリストファーはふたたび口を開いた。

「今晩はここに泊まっていこう。帰りはヒロトが車をだしてくれることになってる」

「えっ――。でも、あの」

クリストファーが滞在中のティレニアホテルに泊まるのさえかなり恥ずかしいのに、達見の持っているホテルへ泊まるなんてとんでもない。

ぎょっとした桐也に、クリストファーが柔らかく笑いかけてくる。

「心配しないで。ここのスタッフは口が堅い。達見が選りすぐった従業員ばかりだからね」

そんな心配はしていない。二人で会っているのを知られたくないのは、桐也ではなくクリストファーだ。

桐也にしてみれば、誰とも知らない赤の他人に見られる心配より、槙や達見、彼らの関係者やクリストファーのボディガードなど、知人と繋《つな》がる人たちに知られるほうが、ずっと恥ずかしい。

「でも」

「手はださないって約束したからね。一緒に眠るだけだよ」

実際にセックスをしたかしないかは、この際あまり関係がない。桐也とて、したくないと拒否してもいない。

こんな関係の、とうに成人した男二人が会って一晩をともにして、ただ眠るだけだとは考えまい。なにをしているか気づかれているのが、まるで寝室を覗かれているようでたまらなかった。

今さらだし、もちろん、誰も彼もがそんな下世話な想像をしているわけでもないだろうが、桐也自身がそんな気になってしまうだけだ。

それに、ここはまだ営業していないと聞いたばかりだ。つまりは達見の好意で部屋を空けてもらうのだろうが、それこそ本当にセックスのためだけに部屋を借りるようで、いたたまれない。

（やっぱり、クリスさんにはわからないよな）

ボディガードを洋服のようなものだと言いきった彼には、理解しがたい感情だろう。置かれている環境があまりにも違いすぎるのだから、しかたがない。

「どうしても、ですか？」

「うん。キリヤが絶対に嫌だっていうなら戻るけど、せっかく外へ出たんだし、できたらこのままでいたいかな」

強く押されると抗えない。自分を通すほどの問題でもない。

（しょうがない、よね）

桐也はわかりましたと告げて、クリストファーに笑んでみせた。

＊　＊　＊

日曜日は朝からばたばたしている。開店時間の十一時は、そろそろ近場の店にランチタイムの客が溢《あふ》れはじめるころで、ついでなのか、店を覗いていく人たちも増える。

目がまわるほど大変なんてことはないし、飛ぶように売れていくというのでもないけれど、冷やかしでも時間つぶしにでも、店を訪れる客足はいつもより増える。

ディスプレイもそろそろ変えようかな。

「ねえ店長、ここ、小さいカウンターとか置きませんか？」

「はい？」

客がとぎれたあいまをぬって、アルバイトの女の子が桐也に声をかけた。彼女、加賀《かが》は地元出身の大学生で、この十年での市内の変わりように喜んでいる。買いものにも遊ぶにも便利だし、なにより就職先に困らないですみそうだ、というのが理由らしい。

「このあいだ東京に遊びにいったとき、うちみたいなセレクトショップで、奥にカウンターあったんですよ。ちょっとお茶飲める程度でしたけど、ああいうのいいなーって思って」

「うーん、そんなに広くないから無理じゃないかな」

「でもほら、小さいのでいいんですよ。それこそ二人くらい座れたら充分で」

「手が足りなくなるよ。まあ、オーナーに訊《き》いてはみるけど。それってひょっとして、自分が座って休憩したいとかじゃないよね？」

軽口で返すと、彼女はてれっと笑って「バレました？」と言った。図星のようだ。

「そうだ。オーナーっていえば、私、見ちゃったんですよ」

「えっ？」

まさか、一緒にいるところを見られたのだろうか。ぎくりとしたが、顔にはださないよう、表情をこらえた。

クリストファーとは、週に一、二度のペースで会っている。かなり頻繁なほうだろう。どれだけ気をつけていても、どこかで見られてしまっているのかもしれない。

内緒話をするような彼女の表情が気になる。速まる脈を抑えようと、桐也は自分におちつけと言いきかせた。

「昨日、友達とティレニアでお茶してたんですよ。たしかうちのオーナーってあそこに泊まってるって言ってたじゃないですか？　だから、ひょっとしたら会えるかなーなんて、きょろきょろしたらね、見たんです」

「そりゃあ、いるだろうね」

昨日は彼と会っていない。話の様子からしても、二人でいる現場を見られたのではないようだ。桐也は内心で安堵《あんど》しつつも、それほど興味なさげに答える。

「それでね、すうっごい綺麗な女の人と一緒だったんですよ。親密そうに笑いあっちゃって、あっ、ロビーでね、立ち話してたんです」

なに話してるのか気になって、こっそり近づいちゃおうかと思っちゃいました。彼女は悪戯っぽく笑って、企《たくら》みを白状した。

(女の人……か)

嫌なふうに、胸が軋《きし》んだ。その痛みをやりすごし、桐也は加賀へ向け、さらりと笑ってみせる。

「しなかったんだよね？」

「さすがに、できませんよう。でもいいなあ、私も一回でいいから、オーナーとお茶してみたーい」

「加賀さん、オーナーそんなに好きだったっけ」

「だって、綺麗じゃないですか。それに外国の人ってめったに知りあいになんてならないし。まえはよく店にも来てたんですよね？　どうして来てくれなくなっちゃったのかな」

俺との関係を隠したいからだよ。

まさかそんな話はできず、桐也は「さあ」と首を傾げてごまかした。

「店長はよく会ってるんですよね？」

「仕事だからね。役得で、食事奢《おご》ってもらってるよ」

「いいなあ」

「仕事、です」

客が入ってきたので、話はそこでとぎれた。

(女の人かあ)

クリストファーは桐也とつきあいはじめてからも、相変わらず女性と一緒に出かけている。それは、桐也も知っていた。

彼を独占したいだとか、そんなふうには考えていない。求められるのと同じ気持ちを返せないままなのに、そこまで贅沢《ぜいたく》などできない。

けれど、どうして、とは思う。

どうして桐也とだけは、外では会えないんだろう。あんなにも必死で、人目を忍ばなくてはならないんだろう。

人目を避ける理由は、クリストファーから聞いている。身の安全を守るため、それだけのはずだ。

（でも、どうして俺だけなのかな）

他の女性たちとは、会っているのに。態度が露骨になるからとは言っていたけれど、そこまでの差を直接目にしていない分だけ、どうしても理解しきれない。

なにか他に理由があるのではないかと、ついよけいな勘ぐりをしてしまう。

男だから、という端的な理由なのか、もしかしたら、桐也があまりにも彼とつりあわないせいなのではないか、だとか。

それほど長くつきあうつもりがないから、あまり他人に知られないようにしているのではないかとさえ考えてしまう。

なにを莫迦《ばか》なこと考えてるんだろう。

自虐がすぎる。クリストファーが早晩桐也に飽きることなどわかっているのだから、いちいちつまらないことを気にするなど莫迦ばかしい。

「すみません、これ、同じものもう一つありませんか？」

女性客に訊かれ、桐也は意識を仕事に戻す。くだらないことを考えていないで、仕事に集中しよう。

頭を切りかえるべく、自分にそう言いきかせた。

＊　＊　＊

人目を避けるというのも、なかなか大変だ。

こんなこと、ずっとは続かないよ。

クリストファーが最大限、桐也の身を案じてくれるのはわかる。けれど、いざこんな関係を続けてみれば、これがかなり疲れた。

アルバイトの加賀に、クリストファーが女性といるところを見たと言われて以来、今まで以上に気をつけるようにしていた。

クリストファーほどに人に見られることを気にしてはいなかったのだが、あんなふうに、不意をつかれて誰かに知られることはあるのだ。

気持ちが醒《さ》めて離れていかれるならまだしも、桐也がなにか失敗をしでかして、クリストファーに不利な事態など起こしてはならない。

仕事の面でも厚意を受け、それ以上に、今ではプライベートでも関係を持っている。彼ほどの男に好かれて求められるという、桐也には分不相応な愉悦を与えられた分、せめて迷惑はかけたくなかった。

おかげで、やたらと警戒する癖がついた。

ただでさえボディガードや達見たちの目、それにホテル従業員の目も気になっているというのに、その上、誰ともわからない通行人たちまでいちいち知りあいはいないか、クリストファーと会うのを知られているのではないか、と、視線に神経を尖らせるものだから、往復の時間だけでものすごく疲れる。

そのくせ、誘われればまだ飽きられていないのだとホッとして、こうして足を運ぶのだ。

クリストファーの部屋へ入り、ドアが閉まると、とたんに肩から力が抜ける。

「どうしたの？」

来るなりため息をついた桐也に、彼が心配げに見つめてくる。

「ごめんなさい。なんでもないです」

「なんでもないって様子じゃないけどなあ」

彼はいつもどおりにノータイのスーツ姿だ。彼がいつもこんな恰好《かっこう》なので、つい、桐也もあまりラフな服は着ないようになった。

あまりにちぐはぐだと自分が恥ずかしくなる。それに、クリストファーに連れてゆかれる場所は彼らしく高級なところが多く、Tシャツやデニムなどでは入れなかったりするのだ。ましてや彼が住んでいるのは高級ホテルの一室、近所を出歩くような姿では、とても来られない。

とはいえ彼と身体を繋いでからも、二人で出かけるのは夜の食事くらいだ。関係が変わったからといって習慣を崩せばかえって目立つからと、今までと同じように、仕事の話をしながら外食をしている、それだけだった。そんなときはつとめて態度を崩しすぎないように、なるべく仕事の話に終始し、誰に聞かれてもおかしくないようにと気を遣うせいで、自分の部屋へ帰りついたころにはもう、気力を使いはたしてぐったりとしていた。

今まで、ろくに神経なんか使わなかった反動だろうか。どこであれ愛想よくですぎずふるまうようにはしていたが、気を遣うといってもせいぜいその程度、人目など、ほとんど気にした記憶がない。

それがこれほど疲れるとは、想像だにしなかった。

「いつまで経っても暑いでしょう？　冷房の効いたところと外とで温度差がすごくて、さすがに参ってるだけです」

「キリヤが？」

「はい」

今までは暑いと言うのはクリストファーで、桐也はまるで平気だと伝えていた。実際、暑いには暑いが、疲れているのとそれとは関係ない。

「まるで僕と入れかわったようだね。僕はさすがに慣れたのに」

「一夏で、ですか？」

2011年
8月刊
毎月15日発売
崎谷はるひ
［爪先にあまく
満ちている］
ill.志水ゆき
●680円（本体価格648円）
真崎ひかる
［目を閉じて触れて］
ill.三池ろむこ
●620円（本体価格590円）
坂井朱生
［指先に薔薇の
くちびる］
ill.サマミヤアカザ
●580円（本体価格552円）
玄上八絹
［プライベートフライデー］
ill.鈴倉 温
●580円（本体価格552円）
染井吉乃
［君なしではいられない］ill.香坂あきほ
●580円（本体価格552円）
幻冬舎 ルチル文庫
最新情報は【ルチル編集部ブログ】http://www.gentosha-comics.net/rutile/blog/
2011年9月15日発売予定
予価各560円
（本体予価各533円）
高岡ミズミ［僕のため君のため］
ill.西崎 祥
小川いら［夏、恋は兆す］ill.水名瀬雅良
崎谷はるひ［ひとひらの祈り］（仮）
ill.冬乃郁也
和泉 桂［蜂蜜彼氏］ill.街子マドカ
愁堂れな［天使は愛で堕ちていく］
ill.広乃香子

ファン待望の
最新刊
絶賛
発売中!!
シリーズ累計
190万部
突破!!
国擬人化
ゆるキャラ
コメディ
[特装版]はオール描き下ろし小冊子付き!!
多数描き下ろしを収録!
BIRZ EXTRA
AXIS POWERS
ヘタリア
4
日丸屋秀和
バーズエクストラ●A5判
●[通常版]1050円(税込)
[特装版]1260円(税込)
既刊①～③巻も
絶賛発売中!!

花族ワルツ
①
碧也ぴんく
亡くなった親友は
妊娠していた…!!
相手を捜すため、
みどりは貴族の家に
下宿し始めるが…。
華やかなる大正浪漫活劇!!
8月24日発売!!
バーズコミックス ガールズコレクション●B6判●693円(本体価格660円)

「案外、順応性は高いんだよ。なんて実は、身体を慣らすのに空調の設定温度をあげたり、なるべく外へ出るようにしているだけなんだけどね」

「どうしてまた。暑いの苦手でしたよね」

無理をして慣らす必要などないだろう。最高気温によっては、極力外へ出ないほうがいい、という状況だってある。今のところさほど影響はでていないようだが、多忙な身なのに、体調を崩しでもしたら大変だ。

「この国に順応しようと思ってね。もうしばらくいることになりそうだし」

「クリスさん、あちらでお仕事とかは大丈夫なんですか？」

ここには、いつまでいるのだろう。せめてヒントでももらえないかと、違う形で訊《たず》ねた。

「もともと僕やヒロトは表だって動いてはいなかったからね。どこにいても仕事はできるさ。計画して誰かに任せるだとか、資金提供にアドバイス、話を持ちこまれれば確認も決定もするけれど、ふだんは有能なスタッフに任せていられる」

日本での、ここでのカジノホテルの経営が、表だっての初事業になる。長逗留《ながとうりゅう》をするのも計画のうちだと、クリストファーは説明した。

「ホテルができるのはいつごろなんですか？　あの、答えられなかったらいいんですけど」

クリストファーは少し驚いたように目を丸くして、それからくしゃりと表情を崩した。可笑しいというより嬉しそうで、どうしてそんな表情になるのか不思議だ。

「キリヤが興味をもってくれて嬉しいよ。そうだな、実際に営業するにはまだ三年くらいかかるだろうね」

「長いですね」

更地にカジノホテルを完成させ、営業をはじめるまでにかかる時間など、見当もつかないが、意外に長くかかるらしい。

「長いと困るかい？　僕に早く帰国してほしい？」

「そんな、まさか」

軽口のように聞こえるが、注がれる眼差《まなざ》しはまるで、桐也の真意を探るようだった。ぎくりと胸が竦みあがるのを隠して、桐也は首を振った。

早く帰ってほしいわけじゃない。求められる悦《よろこ》びは一度憶えてしまうと病みつきになる。クリストファーから誘われるたび、ああ、まだ彼は自分に飽きていないのだと安心する。

これほどの男に欲しがられる。まるで自分が自分じゃない人間になったような錯覚さえ感じられ、それは桐也にとってたまらない悦びだ。

歪《ゆが》んでいると自覚はある。けれど今までずっと、友人どころか両親の関心さえひき続けていられなかった。いてもいなくてもいい、空気中に漂う塵《ちり》のような存在だった桐也が、クリストファーに好きだと言われ、会いたいと求められるなど、宝くじがあたるくらい現実味のない話だった。

少しでも長く夢を見ていたい。少しでも長く、クリストファーといたい。だから帰国してほしいはずがないけれど、心のどこかで今のうちに終わらせてしまったほうが、とも考えてしまうのだ。

（ボロがでないうちのほうが、傷は浅いかもしれない）

飽きられて去られるより、仕事の都合で帰国すると言われたほうが、別れたあとのつらさが薄いような気がして、しかたがないと諦《あきら》めるのが楽な気がしてしまう。

アノヒトならきっと、こんなこと考えもしなかったんだろうな。

亡くなった従兄《いとこ》の面影が、ふと頭をよぎる。せめて今だけでも彼になりかわれたら、それが無理ならせめて彼のように考えられたら、もっと幸せでいられるのに。

今の桐也は残り少ない菓子を少しずつ少しずつとって食べ、味がなくなるまで口の中で転がしているような、そんな状態だ。いずれはなくなるとわかっているものを、その瞬間を少しでも延ばそうとしている。

二度と口にできないものなら、せめて甘さくらいたっぷり味わいたいのに。

「せっかく知りあえたのに、すぐに戻ってしまわれたら寂しいです」

これが、桐也に言える精一杯だ。

「うーん。そこで、帰らないでって言ってくれたら嬉しいんだけどな」

「そういうわけにはいかないでしょう」

「まあね。でも、僕が好きで離れたくないんだって、キリヤに言われてみたいよ」

「そんな無理なお願いはしませんよ」

いずれくる帰国の日でなくても、桐也にはもっと現実的な脅威がある。そのときになって彼に離れないでと言ったところで無駄だ。帰国はともかく、離れた気持ちなどとり戻しようがない。

「うん。でも言われてみたいっていう願望くらいは抱いててもいいだろう？　まったく、キリヤは贅沢も我《わ》が儘《まま》も言わないね」

「言わないんじゃないですよ。考えつかないだけです」

分相応という言葉を知っている。それだけのことだ。

泊まっていくだろうと問われ、迷ってから頷《うなず》いた。

（こんな話のあとで、今日は帰るなんて言えないよ）

それに、帰りたいわけでもない。クリストファーに長くいたいと請われるのは、やはり嬉しい。

まだ、大丈夫。

彼はこうして、まだ桐也を傍にと望んでくれている。それがどんな理由であろうとかまわない。

伸ばされた腕に身を委《ゆだ》ね、桐也はそっと目を瞑った。

＊　＊　＊

次に会うときは外でと告げられ、背中がひやりとした。ホテルであればせめて、室内にいるあいだは人目を避けられるものの、外ではそうもいかない。

けれどクリストファーが出かけたいというのに反対するほどの理由はない。桐也はおとなしく迎えの車に乗り、駐車場で乗りかえるという同じ手段でクリストファーに同行した。

場所はなんと、山路家、槙の生家だった。槙が家をでて以来今は誰も住んでおらず、達見が手配した業者が管理している。

敷地を通りぬけた奥に、海の見える崖《がけ》がある。迎えにきてくれた槙に車中で聞いたところによると、槙の昔からのお気にいりの場所だそうだ。

『もうじき、母屋《おもや》ごと姉に譲ってしまうので。そのまえに、見てきてください。なにもないですけど、俺はあの岬《みさき》から見る光景がずっと好きだったんです』

いつまでこんな状態が続くのかな。冗談まじりについ愚痴をこぼしてしまうと、運転席の達見が口を開いた。

『クリスが、自分の目のとどかないところでなにかあったら、って考えるのは、わからないじゃないがな。あなたは槙と違って仕事もあるし、閉じこもりきりというわけにもいかないだろう』

そう。クリストファーのそれに比べたらスケールは段違いだが、桐也にもささやかながら日常がある。

それに槙が達見たちに匿《かくま》われていたとき、彼には実在する危険があったが、桐也の場合はいわば予防措置だ。あるかないかわからない危険のために、ひたすら人目を忍んでいる。

岬の突端は風が強い。シンプルなカットソー一枚に麻のジャケットを持ってきているが、手に持った上着が飛ばされそうになる。

あたりを歩き、少し荒れた海を眺めた。

風に、髪が乱れる。ばさばさになった髪を、クリストファーの指が梳《す》いてなおしてくれた。

「気を遣わせてすみません」

「うん？　キリヤの髪なら、なにもなくても触れたいけどな」

「髪じゃありませんよ。無理に、出かける場所を探してくれなくても平気だってことです」

「まあね。でも、たまにはこうしないとキリヤはなかなか会ってくれなくなるだろう？」

「そんなことないですよ」

「このごろ、来るたび緊張した顔していたのに気づかないと思ってた？」

やはり、見透かされていたのだ。桐也はぎゅっと唇を噛《か》んだ。

「すみません」

「謝らなくていいよ。僕が過剰に心配しているせいで、キリヤにまで無理をさせてしまったんだろう」

あっているようで、違う。桐也が勝手に気にしているだけだ。危害を加えられることなど心配してはいない。

誰かに見咎《みとが》められ、それがクリストファーの不利益に繋がるのが嫌なのだ。そうして彼に迷惑をかけたり、そうでなくても、見られたからといって、なにかあるまえにと別れをきりだされるのが嫌なだけだ。

「もっと気軽に会えるようになりたいって、僕も考えてみたんだ」

「クリスさん？」

「部屋を、買おうかと思うんだ。借りてもいいけれど、面倒だしね。選ぶのは任せるし、どこでもいいというなら僕が選ぶよ。だからキリヤ、引っ越しをしないか」

クリストファーの提案に、桐也は目を丸くした。

「引っ越し……ですか？」

「うん。ボディガードたちがいられるような場所で、僕が通ってもおかしくないような条件を探すよ。細工もするし、君の名義にしてもかまわない。好きなように」

聞きまちがいかと訊ねかえしてみたものの、彼はまるきり本気だった。

「僕はホテル住まいに慣れているし快適で好きだけど、キリヤはあまり好きじゃなさそうだしね」

「たまに泊まるなら好きですよ？」

「贅沢は嫌いかな」

「いいえ。好きでも嫌いでもないです。クリスさんに連れていってもらう食事は美味《おい》しいし、そういう贅沢はいいな、って思います。ただ、住む場所にはそれほどこだわってないって、それだけです」

高級ホテルの一室を生活の場にするなんてことが、ピンとこないだけだ。正確には知らないし知りたいとも思わないが、一カ月の宿泊費がいくらになるのか、想像しただけで目眩がしそうだ。

もったいない。その一言に尽きる。

クリストファーや他の誰かがホテル暮らしをするのは、別に彼らの自由だ。批判しようなんて考えてもいない。事情が許すのなら、したいようにすればいい。けれど桐也は彼とは立場も財力も違いすぎるし、たとえそれだけの余裕があったとしても、ホテル住まいなど選ばないだろう。

「僕のところへ来るのも渋るし、君の部屋のまえに護衛たちを立たせておくのもまずいんだろう？　だったら、彼らがいても問題ない場所を提供すればいいだろうってことさ」

「そんな、めちゃくちゃですよ」

ただ会うためだけに、住居を提供しようという。感覚の違いに戸惑った。

「今までと同じじゃ駄目ですか。山路さんたちにご迷惑かけないように、俺が一人で来ればすみますし、ちゃんと部屋を訪ねますから」

なにがあってもかまわないからと言ってしまいたい。怪我《けが》をしようと巻きこまれようとかまわない。その代わり、なにかあっても気にしないでいてくれと頼みたい。

けれどそれは、いくら頼んでも無理だろう。

「それは駄目。少しでも、キリヤを危ない目に遭わせたくないんだ」

たしかに、クリストファーの事情のとばっちりは受けた。けれど一度きりだ。あれ以来、びっくりするくらい、なにごともなく平穏なままだ。

こんなに気遣ってばかりいて、外で自由に会えないような相手では、いずれクリストファーのほうが面倒になってしまうのではないだろうか。

気楽に外へ連れて歩けるような他の女性たちのほうがずっといいと、いつか気づいてしまうのではないだろうか。

それが、怖い。

「俺に、そこまでしてもらう価値はないです」

そうして、こんな空っぽの桐也に手間も時間も、家のような金銭的負担までかけたと、彼が後悔するのがとても怖い。

「僕がしたいんだ。それだけだよ。見返りなんて求めてないし、これで好きになってもらおうなんて都合のいいことを考えてるわけでもない」

「わかってます」

「キリヤは、僕を嫌いじゃないよね」

「誰かを嫌ったことなんてないですよ」

「そういう意味じゃ、ないんだけどな」

苦笑する、クリストファーの表情の意味がわからない。どうしてか、ひどく悪いことをしているような気がした。

「いつまで経っても、他人行儀な呼びかたしかしてもらえないしね。そろそろ、クリスって呼ぶ気にはなれない？」

「……あの」

「うん？」

「そのほうがいいのなら、努力します。他には、なにかありますか？」

「どうしたの」

「クリスさんにはいろいろしてもらっているのに、俺はなにもしていないでしょう？」

「キリヤ？」

「俺はクリスさんのように気がまわるほうでもないですし、どうして相手してもらえているのか、わからないんです。だから、……その、できることがあるなら」

さっきのクリストファーの表情に罪悪感を刺激され、桐也は言った。

そうして、少しでも長く自分への関心が続くのなら、なんだっていい。

クリストファーはじっと桐也を見つめたまま、そっと手を伸ばした。桐也の頬に触れ、力を入れないままひきよせてくる。促されるまま近づくと、額に淡いキスが触れた。

「莫迦だねえ。僕は僕がしたくてキリヤをふりまわしているだけなのに、そんなふうに考えてたの？」

彼は目元を優しく和ませて笑って、唇を頬へ、鼻の頭へと滑らせた。

「キリヤはもっと堂々としていればいいよ。したいこととか、やりたいことを言ってくれていいんだ」

「言わないわけじゃないです。まえにも言いましたけど、本当になにもないんです」

「そうか。だったら訊いていいかな。ねえ、なにを怖がってるの」

まっすぐに切りこまれて、桐也は目を瞠《みは》った。

「どうしてだろうね。君はこのごろずっと、なにかを怖がってるように見える。いつか、その理由を教えてもらえると嬉しいな」

それが僕の希望だよ。静かな声で訊ねられ、桐也はそっと顔を俯かせた。

(俺にはなにもない。いつあなたがそれに気づくか、その日が怖いだけだ)

そう告げて、誰からも求められたことがないから、求められるのが嬉しいからと伝えたら、きっとこの人は離れていってしまう。

彼の気持ちを利用しているだけだ。奇跡的に好いてくれた、その気持ちにただ甘えて、ぶらさがって、まるで自分が違う人間になれたような錯覚をさせてもらっているだけだ。

歪んだ気持ちなど、どうしても知られたくない。

黙りこんだ桐也に、クリストファーはなにも言わなかった。ただそっと、風に乱れる髪を撫でつづけていてくれた。

＊　＊　＊

秋の気配を感じはじめるころ、店に、いつかの呉服店の女性が現れた。

「いらっしゃいませ」

会釈をしてから、どこかで見たことがあるなと首を傾げ、ああ、あのときのと思いだす。

「この近くにお住まいなんですか？」

「いいえ。私はだいぶ遠いんですが。今日は、待ちあわせなんです」

あのかたに連絡をとったら、お会いすることになって。彼女は凛《りん》とした美しい顔に口元を綻《ほころ》ばせて言った。

「ああ、オーナーですね」

「ええ。このあたりで何軒か店を持っていらっしゃるとか」

「レストランもあるはずですよ」

たわいない会話をしながら、どうしてか胸がざわざわしたのを抑える。

美しく、浮いたところのない、おちついた風情だ。クリストファーの連れている女性たちは、そういえば皆こんなふうな姿であるように思いだした。

「レストラン、美味しいのかしら」

「保証します。私の保証では心もとないかもしれませんが、地元の野菜や魚を使った、新鮮な食材の料理で評判ですよ」

興味ありそうな表情をした彼女に、是非と勧める。

「あら、これ」

話をしながら彼女が目を止めたのは、桐也のつくった銀細工のコーナーだ。

「変わったものが多いんですね」

「一点物なので。ただ、あまり女性のかたが使われるようなものがなくて」

華やかな形は苦手だとか、そんな言葉は呑みこんだ。わざわざ、自分がつくったのだと伝える必要はないだろう。

「これ、いただけるかしら」

彼女が手にとったのは、西洋甲冑《かっちゅう》の兜と剣のついた、チェーンのブレスレットだ。

「はい、ありがとうございます」

「この店で買ったといえば、使っていただけるかしらね」

「そうしていただけるとありがたいですね。オーナー自ら宣伝してくだされば」

「それいいわね、そう言っておきましょう」

クリストファーが現れると、さっそく彼女は彼に包みを手渡した。

「オーナー自ら宣伝してくださいって、このかたもおっしゃってたわよ」

桐也はクリストファーと彼女の様子を、こっそりと観察した。盗み見ているようで気は咎《とが》めたが、彼が以前言っていたように、桐也といるときとそれほど態度が違うものなのか、たしかめてみたかった。

(どこも、違わないような気がするけど)

クリストファーは終始柔らかい笑みを浮かべていて、視線は常に彼女を追っている。

「参りましたね。ではありがたくつけさせていただきますよ。これは、お返しが大変そうだ」

「これで?」

クリストファーはその場で包みを開け、左手にチェーンを通した。

「ええ」

「あなたをいつでも思いだせるよう、ずっとつけておきますよ」

「お上手ね」

彼女に手首を示してみせ、二人で出ていく。彼女の手が、さりげなくクリストファーの腕に添えられた。

似合うなあ。

遠ざかっていくうしろ姿を眺めて、ぼんやりと思う。彼女となら、あんなふうに白昼堂々、街を歩けるじゃないか。

それに彼には、太陽の下がよく似合う。光を弾《はじ》く髪が、本当に綺麗だ。自分といるかぎり、彼とあんなふうに歩くことはない。

どうして、あの人じゃなく俺なんだろう。

外を堂々と歩けるのに。あんなに、よく似合っているのに。彼女ならきっと、上手に我儘もちょっとした贅沢も言えるのだろう。

欲しいものもしたいこともなにもない、なんて告げて、クリストファーを困らせたりもしないに違いない。

桐也はため息をついた。

それでも、考えてもどうしようもないことなど、気にしてもしかたない。いずれ、クリストファー自身が答えをみつけてしまうはずだ。

その日がくるまで、桐也はただ、一日でも長くとこの錯覚に溺《おぼ》れているだけだ。

「……仕事しよう」

頭を切りかえようと、桐也は小さく呟《つぶや》いた。

＊　＊　＊

クリストファーが滞在する部屋には、大型で最新式の液晶テレビが置かれている。

ふだん映されているのはクリストファーの母国や他の国々のニュースや彼の好むスポーツの試合などだが、その日はたまたま、どこかの遊園地が映っていた。

大きな観覧車の光景が流れ、桐也は画面に目を止めた。

「そういえば、観覧車って乗ったことないんですよね」

「乗りたい？」

「そうですね。高いところは好きです」

「へえ、意外だな」

「そうですか？　高いところって気持ちいいですよ。観覧車じゃあ窓を開けて風を受けるってわけにはいきませんけど。ああ、ジェットコースターも気持ちいいですね」

高いところから一気に降りていく感覚。強い風に晒《さら》されているとすっきりする。手軽に味わえるスリルだ。

「どうしました？」

顔を顰めたクリストファーに、桐也は首を傾げた。なにか妙なことを言っただろうか。

「ごめん、ジェットコースターは無理」

「はい？」

「足が着かない場所は苦手。落ちたらどうしようって考えるんだよなあ」

どうやら本気でぼやいているふうだ。桐也は悪いと思いつつ、つい笑ってしまった。

「笑うなよ」

「ごめんなさい」

でも、可愛い。

およそできないことなどなにもなさそうな、かなわない望みなどないと豪語してもいる彼にも、苦手なものはあるらしい。

抱きあって、体温をわけあっているとき以外にはどうも現実感のなかった彼が、急に近く思える。

「ビルや観覧車は平気なんですか？　それに飛行機は」

「ビルは動かないだろう？　飛行機と観覧車は設計を信じてる」

「それって理屈がとおりませんよ。ジェットコースターだって設計されてるでしょう」

拗ねた子どものようなクリストファーが楽しくて、つい、つついてしまう。

「ベルト一本だとか、肩のバーだけで押さえられてるっていうのに、急上昇や急降下したり、高速で横回転されたりするのがもうぜんぜん駄目だ。わかってるさ、理屈じゃなくてとにかく無理」

諸手《もろて》をあげた彼に、桐也はくすくすと笑っていた。

「ああもう、なんだってキリヤはそんなに楽しそうなんだ」

「だって、可愛いです」

「自分が可愛いって言われたときは、そんなトシじゃないって言ったくせに」

「そういえばそうですね」

「わかった？」

「ええ、まあ」

なんとなく。たしかに今、クリストファーを『可愛い』と思った。思わず、ぎゅっと抱きしめて髪を撫でてあげたいような、そんな気分だ。

「ジェットコースターにもし乗りたくなったら、俺が手を繋いであげます」

いつもどこか高いところから見おろしているような彼が、いきなり隣に並んだ気がした。

それが、やけに楽しい。

「勘弁してくれ。どうせ手を繋ぐなら、違うことがしたいね」

意味ありげに言って、クリストファーは桐也の腰を摑んだ。

「駄目ですよ。明日は仕事です」

「休んだらどうだい」

「なに言ってるんです」

「オーナーの僕がいいって言うんだ。かまわないだろう」

「駄目ですったら」

桐也は重ねて言った。

「しばらく会えなくなるから、って言っても駄目？」

「えっ――？」

「来週、一度国へ戻らなきゃならない。できるだけ急いで用事をすませるけれど、そのあいだキリヤに会えないのが寂しいんだ。忘れないように、しておきたい」

「帰国したら、俺を忘れるんですか」

するりと口をついてでた言葉に驚いたのは、きっとクリストファーより桐也自身だ。忘れるに決まっている。今までならそんなふうに確信を持っていて、わざわざ傷を拡げるような真似などしなかった。

だいたい、こう言われて忘れるかもと正直に答えるようなおとなはいない。

「まさか。忘れるのは僕じゃなくて君だよ」

「忘れませんよ」

忘れたりしない。こんな、二度とない経験をさせてくれた、これほどの人を、どうしたら忘れられるんだろう。むしろ、あっさりと忘れられるなら、こんなに彼をひきとめようとはしないのに。少しでも長く、この錯覚が続くように願ったりしないのに。

「どうかなあ」

疑わしいという眼差しで、彼はじっと桐也を覗きこむ。

「ヒロトに代われって頼んだら鼻で笑われたよ」

今までもちょくちょく帰っていた。自家用ジェット。けれど今度は少々長くなりそうなのと、せっかく桐也といられるのにと拗ねている。

「お仕事でしょう?」

「うん。でも、僕じゃなくてもいい。ヒロトが名代で動いてくれても支障はないよ。あいつと僕は共同経営者だからね」

「達見さん、山路さんから離れそうにないですね」

「いいじゃないか。どうせあいつはずっとこっちにいるんだから、たまにくらい僕と代わってくれたって。マキを連れていけばいいって言ったら、仕事しているあいだ、閉じこめて退屈させるのが嫌だって言いやがってね」

唇を尖らせて言ったクリストファーが文句を言うのに、桐也は「俺に言われてもわかりませんよ」と告げた。

そうだ。いずれ、この人は母国に帰る。

胸がずきりと痛んだ。

わかっていたことなのに、どうして今さら痛みなど感じるのだろう。

「これは愚痴。僕だって仕事放りだしたくなるくらいキリヤと離れがたいのにな、っていう意思表示でもあるけど」

「でも、投げだせないでしょう？」

投げだされても、困る。

自分などのためにクリストファーがなにもかも捨てる、なんて。そんな重いものは背負えない。たとえ冗談にしても、笑える話ではなかった。

「まあね。でももし、キリヤが本気で僕を愛してくれるなら、放りだすかもしれない」

視線が強くなり、桐也はすっと顔を逸《そ》らした。

逸らしてしまったのは、心中を探られているような気がしたからだ。

本気で愛してくれるなら――か。

そんなこと、できない。クリストファーだからじゃなく、他の誰かでも。だいたい、本気で愛した、という気持ち自体、どんなものかすらわからないのに。

無理ですよと言ってしまえばいい。彼とつきあいはじめたときも、恋をする気持ちなどわからない、と伝えてある。それでもいいというから、こんな関係になったのだ。

どうして、言えないのだろう。

がっかりさせたくない、なんて。クリストファーにがっかりされても困らないはずだ。

（クリスさんに困らされるなんて、いつものことなのに）

逸らしてしまった自分の反応が不可解だ。

「仮定の話には答えられません」

桐也には、そう告げるのが精一杯だった。


抱きあうのは嫌いじゃない。求められるのは心地いい。押されると弱いのは、彼がそうして求めてくれると嬉しいせいだ。

けれど肌を晒して抱きあっても、どうして困ったんだろうと、そんなことがぐるぐると頭を巡って離れない。

「どうしたの」

「なんでもない、……です、よ？」

「どこか上の空だけど」

「ごめんなさい。疲れてるのかも」

「そう」

その目で見ないで。心の中を探らないで。自分にもわからないのに。

「キリヤ、上に乗って」

促され、桐也はクリストファーの脚を跨《また》いだ。ゆっくりと身体を沈めていくと、身体の奥に熱いものが入りこんでくる。

狭いそこを掻《か》きわけて進んでくるそれが、まるで、桐也の心中を探ろうとする彼そのもののように感じる。

そうして心を探られて、溶かされて。……どうなってしまうのだろう。

「あっ……、ん、あ、ふっ」

抱きしめられる心地よさに、淡い息をこぼす。

クリストファーの左腕には、いつかのブレスレットがつけられている。揺れるそれが、やけに目の端にこびりつく。

(こんなときに、女性から贈られたものをつけなくてもいいのに)

ルール違反だなんて、言えるような立場ではないけれど。

「困った人だな」

「なに、が……です、か?」

下から突きあげられ、ぐらりと身体が傾ぐ。慌ててうしろへ腕をついたけれど、そのせいで脚のあいだのものや胸元を彼に向かって突きだすような、浅ましい恰好になってしまう。

「ひ、あんっ」

クリストファーの指が桐也の胸へ伸び、尖ったものを摘んだ。快感は腰の奥にまでとどき、彼を銜《くわ》えこんだ部分が収縮する。

彼が軽く顎を反らし、熱い息をついた。その表情があまりに艶めかしく、見てしまった桐也をさらに高ぶらせる。

「君は、なかなか本心を言わないね」

「そんなこと、ない、……です、よっ、あ、あぁっ」

「隠されると、よけいに暴きたくなるんだけどな」

彼は強靭なバネで腰を揺すり、桐也の奥を突いて掻きまわした。馴染みきった身体はぐずぐずに蕩け、彼にされるがままに快楽を享受して喘ぐ。

クリストファーの強い眼差しが注がれ、身体が慄える。こんなにも欲しがられるのが、なによりたまらない快感を与えた。

それでも。

(どうして、クリスさんを失《な》くしたくないんだろう)

頭の中ではぐるぐると同じことばかりが巡っている。どうして、女性からのプレゼントを持っている彼に嫌だと思ってしまうのだろう。

欲しがられて嬉しくて、病みつきになっている。この身体にも、これほどの愉悦を与えてくれた人はいない。

（本当に、それだけ……？）

この腕を失くすのが、どうして嫌なんだろう。わからないまま、桐也は快楽に身を委ねた。

＊　＊　＊

クリストファーがいなくなっても、桐也の日常は驚くほど変化がない。出勤して仕事をし、家に帰って眠る。

それでもときどき、ジェットコースターの話で嫌がっていた、彼の顔や声を思いだした。何度頭に浮かべてもやっぱり可愛くて、ああ、触れたいなとぼんやり思う。

忘れないとは言ったが、思いだすことなどはないだろうと考えていた。彼が帰ってくるまで、元の生活を続けるだけだと思っていた。

けれど、一日のときどきに、彼の顔がふっと浮かぶ。彼が好きだと言った色や、彼の言った言葉が、頭の中に詰まって回遊している。浮上しては沈み、桐也を波立たせた。

「こんにちは。今日はお遣いじゃなくて来ました」

午後、槙が店にふらりと現れた。いつものように、達見が影のように寄りそっている。

部屋で使うカップが欲しいと言った槙に、ありがとうございますと微笑《ほほえ》んで会釈をする。彼らならもっといいものをいくらでも買えるだろうに、わざわざ桐也の店へ寄ってくれるのは、好意ゆえだろう。

槙が商品を選んでいるあいだ、手持ちぶさたなふうの達見へ、桐也は声をかけた。

「あの、いいですか？」

「なにか？」

「クリスさんて、そんなにあちこちから狙《ねら》われたりするんでしょうか」

「そのことか」

達見は肩を竦めて、イエスとノーの中間だと言った。

「日本にいるあいだは、それほど神経尖らせる必要もないんだ。クリスのは、なかば習慣と用心でね」

「はあ」

「敵もそりゃいるが、営利誘拐の線もある。襲われるかどうかわからんからといって、用心を解いて無防備でいるのは莫迦だからな」

本国ではあちこちの集まりにひっぱりだこで、クリストファーは顔が売れている。富を背負った彼が無防備でいれば、狙いやすいと標的にされかねない。

「あいつはまた、目立つしな」

「ええ」

「不自由かけて悪いな。やりすぎだろうとは言ったんだが。槙もしばらくずっと護衛つきでね。本格的に仕事がはじまれば、また黒服を連れあるくことになるだろうな」

「俺は平気ですよ？　籠《こ》もってるのも気になりませんから。達見さんに怪我がなければ、それでいいです」

　槙が大丈夫だと達見へ笑みを向けた。その表情に、達見も目元を和らげて応《こた》える。

（こんなふうには、なれないなあ）

　クリストファーとのあいだに、こんな柔らかな気配をつくりだせるだろうか。考えて、すぐに無理だと否定した。なにせ、柄じゃない。

「正直、あれほど警戒する理由がどうしてもわからないんです。クリスさんが危ないっていうならそうなんでしょうけど、どうして俺まで、って思っちゃうんです」

「巻きぞえくらって、入院させられただろう」

「でも、たいした怪我じゃなかったしあれきりですよ？」

　桐也が答えると、達見が天を仰いだ。それほどおかしなことを言っただろうか。

「ごめんなさい、あんまり危機感がなくて」

「まあ、しかたないだろうな。普通はそんなもんだ」

　達見の言葉に、「俺もです」と槙が口を挟んだ。

「俺なんて、自分が狙われて、達見さんたちに守ってもらっていたのにさっぱりわかってなかったですよ。たぶん、今でもあんまりわかってないです」

二度ばかり、攫《さら》われたんですけど。

桐也がぎょっとすると、相変わらずふわんと笑んだまま、槙は大きく頷いてみせた。

「ホントですよ。でもそれって、達見さんやクリスさんより、家というか俺個人というか、そっちのゴタゴタが原因だったんです。知ってる人に悪意もたれてるのと、いつどこで誰が狙ってるかわからないって備えるのとじゃ、違いますよね」

「俺にはどっちもわかりませんよ」

桐也が応えると、それもそうかと槙が頷く。その肩をそっと、達見が抱いた。

彼らは気持ちが通じあっているのだ。桐也のように、感情が壊れてもいない。

それに、人目を忍ぶのが嫌なわけじゃない。疲れはするけれど、しかたないとはわかっている。けれど自分だけがどうして、と思ってしまうのだ。

(だって、女の人とは一緒にいるのに)

女性たちは連れあるいているのに、自分だけが駄目なのはどうして、と、つい考えてしまう。

男同士だし、彼女たちほど華やかではないからなどと、卑屈なことまで考えて、莫迦なと自分に呆れもした。

あのとき贈られたブレスレットは、未だにクリストファーの手首にはめられている。そんなつまらないことさえ、ぐずぐず考えている。クリストファーが言った、「あなたを思いだせるように」という言葉を、ずっと気にしている。

もうすでに、桐也に飽きはじめているのではないかと、つい疑ってしまう。

「楡井《にれい》さん？」

「あっ、ごめんなさい。ぼんやりして」

「いいえ。このカップ二つと、それからお願いがあるんですけど」

「俺に？」

「はい。あの、アクセサリー、オーダーってできますか」

「もちろん、かまいませんよ。仕上がりはあんまり保証できませんが」

桐也の銀細工は手慰みのようなもので、専門的に技術を習得してはいない。あまり凝った意匠は無理で、できばえのほうもつくってみなければわからない、といった状態だ。

「十一月に、クリスさんの誕生日があって。お世話になっているんでプレゼントをしたいんですけど、たいていのものなら持っているでしょう？　だから、楡井さんのつくったものならいいかな、って思って。名前か頭文字のロゴってつくれますか？」

イニシアルならなんとかなりそうだ。槙も桐也に頼んでくるのだから、それほど特別に素晴らしいものなど期待してはいないだろう。——と、思いたい。

「考えてみます。ラフがあがったら、相談しますね」

「ありがとうございます！」

よかった、と槙は柔らかく笑んだ。笑うと、本当に可愛い人だ。

誕生日かあ。

そういえば、桐也は彼の誕生日も知らない。母国は知っているが、広いその国のどこかまでは知らない。

彼も、桐也のことなどたいして知りはしないだろう。

(誕生日、か)

もう一度、心の中で呟く。ふと自分もなにか贈ろうなんて考えたのは、あのブレスレットへの対抗心だろうか。

莫迦げていると呆れるのに、それでも、頭の中から離れない。

自宅へ戻って、作業用のスケッチブックをとりだす。槙に頼まれたペンダントヘッドと、それにもう一つ。

薔薇を象《かたど》ったブレスレットのイメージを描きちらした。

クリストファーの好きな花なら、受けとるだろうか。それとも……？

ブレスレットにしてしまった自分を嘲笑《あざわら》うが、どうしても、それ以外浮かばなかった。

＊　＊　＊

母国から戻ってきたクリストファーを訪ねると、いきなり「冷たい」と拗ねられた。

「キリヤは一度も連絡してくれなかったね」

「ごめんなさい。半月で戻るって聞いていたので」

実は作業に夢中になっていた。一カ月やそこらで二つもつくるのは、桐也にしては最短記録になる。まずは槙に頼まれたものをつくりあげねばならず、その上、薔薇なんて複雑すぎて大変だ。できるだけ簡略化してはみたものの、作業は難航していた。

急ぐくせに、店で売るものよりずっと丁寧につくっているせいだ。

「僕はメールも電話もしたよ？」

「仕事で戻ったんだし、変な時間に連絡して邪魔をしたら悪いな、とか」

「メールだったら、時間は関係ないけど？」

だって、なにを伝えたらいいかわからない。くだらない、用事もないメールを送って、うっとおしいと思われたくなかった。声も聞きたいし、会いたかったけれど、どう伝えたらいいか、伝えていいのかと迷ったのだ。

「ええと、……ごめんなさい」

さすがに悪いと、今さらながらに思った。頭をさげると、クリストファーが小さく息をつく。

「反省した？」

「はい」

「だったら、今日はサービスしてもらおうかな」

サービス、って。

「しますけど。あの、なにを、ですか」

「さあ、どうしようか」

うっそりと笑むクリストファーに、後悔したけれど、もう遅い。

クリストファーの要求に、桐也は全身を赤らめた。それでも、一度すると言ってしまったものを反古《ほご》にはできない。

「無理ならしなくていいのに」

「……やります」

くすくすと笑う彼を睨《にら》み、桐也はベッドの縁に座る彼の足元へ膝をついた。

半裸の彼の脚のあいだへおずおずと手を伸ばし、ボトムのファスナーをおろす。手が震えてしまうのはしかたがない。

「あの」

「なんだい」

「あんまり、見ないでください」

「だぁめ。見るのも僕の権利のうち」

せめて服を着ていられたらよかったのに、桐也は全裸だ。どうしてもと請われて脱いだものの、これほど恥ずかしいとは思わなかった。

「っ――」

クリストファーのまだ柔らかいものを、少しずつ呑みこんでいく。右手は彼の腿《もも》にかけ、もう一つの手は、呑みこみきれないものに添えて支えた。

(どうしたらいいか、わからないけど)

頭の中で、彼にしてもらったときのことを必死で思いだす。つい、そのときの感覚までがよみがえってしまい、腰の奥がざわざわする。

そんなことを思いだしては駄目だ。集中できなくなる。桐也はふるっと首を振った。

「キリヤ、歯があたるよ」

「ごめんなさい」

銜えたまま話すと、声がくぐもる。それすら、妙に卑猥《ひわい》だ。

クリストファーの左手が、桐也の髪を撫でてくれる。その感触にうっとりと浸るが、そこにあるチェーンの存在が、どこか背中を冷やした。

こんなもの、関係ない。誰が渡したのだろうと、たとえ、誰か他に気にいった人がいようと、桐也には関係ないはずだ。

目を瞑り、桐也はひたすらに唇を動かした。

自分にこんなことができるなんて知らなかった。クリストファーといると、どこかにあったはずの枷がどんどん外れていってしまう。

彼のものを銜えて、舐めて。えづかないよう気をつけながら奥まで含んで、とどくだけの分で舌で愛撫する。

ねだられたからといって、きっと、どうしても嫌だと断れば許してもらえたのに違いない。それでも、桐也はこうしている。口に含んだ彼のものがときどきぴくりと動く。まだ大きく固く漲っていく。それが楽しい。桐也はこの行為を、喜んでしているのだ。

視界を掠めるチェーンの存在が気に障り、よけいに熱心に口を使った。

「そんなに熱心にされると、もっとひどくしたくなるよ」

「……て、いいです……よ……？」

あの女性への対抗心だろうか。莫迦ばかしい。浮かんだ思惑を、自分でうち消した。

「そういうこと言わないの。本当に無茶をしたくなるだろう？」

クリストファーの手は優しい。けれどときどき、こらえきれないように強く、桐也の肩を摑んだ。

（ああ、まだ——）

たぶん、まだ大丈夫。まだ、クリストファーは自分を欲しがっていてくれるはずだ。その力の強さに、桐也の細い背中が震えた。

＊　＊　＊

戻ってきたクリストファーは忙しく、しばらく会えない日が続いていた。作業する時間がとれてありがたいはずなのに、気になってしまってあまり捗《はかど》らない。

どうしてか、クリストファーの顔が頭に浮かんで、そのたびに手が止まってしまうのだ。

彼の誕生日の贈りものをつくっているせいだろうか。

「早く仕上げなきゃならないのにな」

槙に頼まれた分と、自分が贈るものと。いつもより時間をかけているせいで、よけいに進まない。桐也はふうっと息を吐き、ふたたび作業道具を取った。

そのタイミングで電話が鳴る。参ったなと思いながらも、携帯電話を取る。

相手はクリストファー、久しぶりの誘いだった。

観覧車に乗ろう。僕が車を運転する。二人きりで出かけよう。

クリストファーが言いだしたのに、桐也はぽかんと彼を見あげた。

「二人で、って。でも」

いいのだろうか。

護衛なしでなんて、彼の立場では許されないのではないのだろうか。だいたい、観覧車に二人で乗るだなんて、仕事上の関係という表向きの理由が通じなくなってしまう。

(まさか今日が最後だとか?)

最後だからもう、誰に知られたところでかまわないとでもいうことなのだろうか。やっぱり、彼はとうとう桐也に飽きたのだろうか。

(しかたない。わかってたはずだけど)

どうしてこんなに、胸が痛いんだろう。彼もやはり、桐也から去っていく。大勢の他の人々と同じだというだけなのに。

「神経質すぎだって、ヒロトに説教されたよ」

「えっ――」

だが、クリストファーは意外なことを言った。

「キリヤの生活を壊すつもりか、だと。まったく、言ってくれるよねえ。僕だって、誰彼かまわずキリヤを自慢してまわりたいんだよ。それを我慢してるってのにさ」

「あのう？」

桐也が目を瞬かせると、クリストファーは桐也を手招きし、額に唇を寄せた。

「それでね。少しずつ、状況を変えてみようかと思ってね。まずは、観覧車。どうだい？」

「ええ、はい。それは嬉しいですけど」

「じゃあ、行こう」

クリストファーが桐也の手を握る。指を絡めてしっかりと握りとられ、桐也はぎょっと目を瞠った。

「あ、あの。あんまり堂々とされても、たぶん、腰が退《ひ》けると思います」

「かもね。でも、そういうキリヤも見てみたい」

もうすでに、腰が退けている。こぼすと、クリストファーが声をあげて笑った。

十月に入るとなると、さすがに夕方は涼しい。この日は特別に風も強くて、ジャケット姿でいても、どこか肌寒さを感じた。

車でかなりの距離を走らせ、世界最大という大観覧車まで来る。観覧車はそれほど混《こ》んでいなくて、たいして待つこともなくすぐ乗り込めた。

ゆっくりとあがっていく。夕方の街並みが、やはりとても綺麗だ。

「僕の家では、生まれてから死ぬまで、外出する際にはボディガードがつく。家族には全員ね」

クリストファーが、ぽつんと呟くように言った。家族にはと言ったときの声がやけに沈んでいて、桐也は眉根《まゆね》を寄せた。

「クリスさん？」

彼は窓際に頬杖《ほおづえ》をつき、じっと外を眺めている。そのまま、ふたたび口を開いた。

「兄には愛人がいてね。奥さんよりずっと、長いつきあいだった。彼女とはとても親密だったのだけれど、彼女は家族でも婚約者でもないから、ボディガードはついてなかった」

人目を忍ぶ関係とはいえ、兄はそれほど隠していなかった。夫婦仲はとうに冷えていたから、彼女とは頻繁に会っていた。

「その彼女が誘拐されてね。身代金を要求されたよ」

それでも、払わなかった。エドワード家の方針で、誘拐に金銭は払わない。一度払えばまた狙われる。そのためだ。払わなかったところで、狙われないとはかぎらないのに。

「もちろん警察は頼んださ。それでも、彼女が見つかったときにはもう遅かった。犯人が逮捕されても、彼女は戻ってこない」

「そんな――」

そんなことがあったなら、過剰に周囲に気を配るのも当然だ。桐也が怪我をしたときだって、あれほど責任を感じていたのだ。二度までも同じ間違いを犯したくないのだろう。

知らないまま、ずいぶん無理を言ってしまったのかもしれない。

「どうしたらキリヤといられるか、ずっと考えていた。先日、帰国したのもそのためでね」

「あの？」

話が飛んだ。どうしたのだろうと、桐也は首を傾げる。重い空気を嫌ったのにしては、口調の重さは変わらない。

「このままだといずれ、キリヤは離れていくだろう？　ずっと一緒にはいられない」

離れていくのは桐也じゃなく、クリストファーだ。彼がいずれ母国に帰国する人だというのは、はじめからわかっていた。

「無理を言わないでください」

「うん。だから、どうしたらいいか、ずっと考えてた」

彼はようやく、桐也のほうへ顔を向けた。

「キリヤ、僕と一緒にあちらへ帰ってほしい」

「えっ――」

なにを言いだすのだろう。いったいどんな冗談なのかと、クリストファーの表情を窺う。けれど、彼はまるで揺らがない。

「こっちの仕事は、ほとんどヒロトやマキ、それにスタッフに任せることになる。ヒロトがいなくなる分、今まであいつに任せていた仕事を、一部でいいから頼めないかな」

「はい？」

「僕の事業を手伝ってほしいんだ。交渉は僕がする。僕のサポートや実務をひき受けてくれる人間が欲しい。信頼できる人間でないと、傍には置けなくてね。それ以上の仕事がしたければ、もちろん歓迎するよ」

「そん、な」

無茶だ。桐也は呆然とクリストファーを見た。

「忙しいし大変だろうけれど、やり甲斐《がい》はあると思うよ。もちろん、それなりの報酬は約束する」

「無理ですよ、そんなの。俺になにができるっていうんです」

「僕にとって必要なのは、まずその人を信用できるかどうか。それがいちばんなんだよ。実務は実直で間違いのないことがいちばんんだ。まがりなりにも店長をずっと務めているんだ、規模が大きくなるだけで、作業自体はたいして変わらないさ。今より条件はずっとよくなるよ」

休みや労働時間、地位や給料の問題じゃない。

与えられた責任の重さに目眩がして、腰が退ける。断っても断っても、クリスは説得をやめない。

「キリヤだって、いつまでも雑貨店の雇われ店長のままでいるつもりはないだろう？」

雇われ店長のまま、か。

言われて、桐也は口元を苦くした。これで充分すぎるのだと、たぶん彼にはわからない。野心などないのだ。ただ平穏で、静かに暮らしていければそれでいい。自分の身に負うには大きすぎる責任など、重荷にしかならない。

きっと桐也は、その重さで潰《つぶ》れてしまう。

それに、クリストファーはいずれ桐也に飽きる。飽きて、目もくれなくなる。

けれど彼は責任感の強い男だ。たとえ飽きてしまっても、母国へ連れていった桐也を放逐することなどできないだろう。一定の職を与えたままにしておくのに違いない。

でも。

(俺は、あなたから他人以下の目で見られるのに耐えなくちゃならないの)

それとも、傷心を抱えて一人で帰国するのか。

「君とずっとつきあっていくためにも、そうしてほしい」

「あなたと肩を並べるなんて、とても無理ですよ」

「そんなこと望んじゃいないよ」

けれど、クリストファーが言っているのは同じことだ。

(――そうか)

そういうことか。この人の横にいるには、それなりの資格がいるらしい。

桐也は決意を秘め、表情を殺す。

「その話をお受けしないと、あなたとはいられないんですね」

静かに告げ、まっすぐにクリストファーを見つめた。

「うん。そうなるね」

クリストファーは嬉しげに笑んだ。桐也の言葉をどう捉《とら》えたのか。おそらく、桐也が受けるものと思っているのだろう。

(なら、俺はあなたとはいられない)

国にも住んでいる街にも、家族にもたいして未練はない。それはクリストファーも知っているだろう。だからこそ、こんな話も持ちだしやすかったのだと思う。

けれど、違う。

執着はない。けれど離れるのは無理だ。知人がいなくても平気でいられるのは、生まれそだった国であるからだ。

同じ言葉を話し、道に迷ってもどうにか戻る算段ができる範囲でのことだ。

言葉も通じない場所でなど、暮らせるとも暮らしたいとも思えない。

(そんなこと、俺には無理だ)

だって、気持ちが離れたらどうしたらいい。クリストファーが自分を好きでいてくれるという気持ちに甘えるだけでそうまでして、彼の関心が醒めたら、どうしたらいい。

無理だ。

だって、終わることはわかっているのに。

それができないなら、しかたがない。せめて決められた期間だけはとも思っていたけれど、彼の望みと『条件』がわかった以上、ずるずる続けても虚《むな》しいだけだ。

「少し、時間をいただけますか」

「もちろん。僕が帰国するのは、まだしばらく先になるからね」

観覧車が静かに降りていく。最高点に達したら、あとは地上へと戻るだけだ。降りていくそれが、まるで自分たちの関係を象徴しているように思えた。

「面倒なことを言いだして、困らせたかな」

「いいえ」

「せっかく来たんだから、楽しもう。なんて、もう遅いけれどね。せめて、下についてから言えばよかったね」

「だったら――」

桐也の口から、考えるより先に言葉がこぼれでた。

「だったら、もう一度乗りませんか？　さっき、びっくりしてあんまり景色を見られなかったから、今度はたっぷり味わいたいんです」

「もちろん、かまわないよ」

観覧車でもう一周したからといって、関係が元に戻るわけでもない。それでも、あと一周だけ、もう一周だけしたい。

やり直せると思う、それも錯覚。わかってはいても、せめて今だけは、その錯覚に酔っていたかった。

＊　＊　＊

決意を伝えるのに、さすがに電話では軽すぎると思った。

さんざん考えて、けれどいい場所など思いつかない。らしくないことを考えたせいだ。なにも、特別な場所なんて必要ないのに。話をするのは、早いほうがいい。長びけば長びくほど、別れがたくなりそうだ。

結局、場所はいつも彼のいる部屋になる。桐也ははじめて、自分から電話をし、約束をとりつけた。

「その顔は、あんまりいい話じゃなさそうだね」

ドアを開けるなり、クリストファーが言った。そんなに、固い顔をしていただろうか。いつもと同じでいようと決めたけれど、緊張しているのかもしれない。

お互い、心を通じあわせた関係ではなくて、いずれ終わるとはじめからわかっているもので。それでもこの短いあいだに、別れ話のまえに緊張するほど彼に馴染《なじ》んでしまっていたのだろうか。

自分からこんなことを言うのははじめてだな。

そういえば、と、桐也は思いだした。今までは、あえて別れようというほどの気持ちすらなかったのだ。

続いても続かなくても、どちらでもよかった。

(本当は、今回だって――)

わざわざ言わなくても、いずれ終わる。彼が母国に帰る日でも、そのまえに彼が桐也に飽きた日でも。

言わないままでもいいのに、それでも、言わずにはいられない。それがどうしてかなど、今は考えられなかった。

「二人で会うのを、終わりにしたいんです」

促されてソファに座るなり、桐也は話をきりだした。

「そうか。……やっぱり、そういう話だよね。わかったよ。僕がキリヤにしてあげられることは、なにかあるかな」

クリストファーは、ごくあっさりと桐也の決意を受けいれた。

やはりなと思いながらも、どこかで落胆している自分に気づき、桐也は自嘲した。

「いいえ」

なにもしてもらわなくていい。もう充分だと思う。

「そう？　僕の我が儘にずっとつきあわせてしまったから、このまま離れるのは気がひけるのだけど」

最後まで、わかっていないんだな。クリストファーの言葉を聞いて、桐也は苦い笑みを浮かべた。

彼の我が儘につきあったのではない。桐也がそうしたいから彼といた、ただそれだけのことだ。それを、彼のせいにするつもりはない。

桐也には欲しいものなどなにもない。存在しないものを欲しがっている。違う自分だとか、誰かに求められること、――だとか。

それを与えてくれたのはクリストファーで、だから、感謝しなければいけないのはきっと、桐也のほうだろう。

つかのまでも、誰かに欲せられる夢が見られた。ついてきてほしいとまで言われた。これ以上、望むものなどなにもない。

「では僕から一つ、君に頼んでもいいかな」

「できることなら、どうぞ」

「仕事は、やめないでほしい。あのまま、店を任せたい。僕が関わるのが嫌なら、経営者はヒロトにするよ」

「でも」

「急に店長職を探そうとしても、なかなかいない。言っただろう？　僕は、信用できないと駄目なんだ」

重ねて請われ、さんざん迷って、桐也は小さく頷いた。

「……わかりました。では、次の人が見つかるまでは」

応じれば、しばらくはクリストファーと会ったり、会わないまでも話をすることになる。

(まだ、未練たらたらなんだな)

自分から別れると言っておきながら、まだ彼との縁を完全に切れないなんて。

「うん。ありがとう」

「今まで、楽しかったです。すごく。ありがとうございました」

「礼を言われるようなことじゃないさ。それより、最後だから送らせてくれ」

「いいえ」

桐也は首を振った。

「一人で帰れます。タクシー、つかいますから」

過保護ですよと笑うと、彼がそうだなと応える。

帰ろうと立ちあがると不意に肩を摑まれ、唇が重なる。深く、貪《むさぼ》るようなそれに、くらり

と目眩がする。伸びてくる舌を受けとめ、自分のそれも搦《から》める。

深く長く重なっていたそれが離れると、唇が甘く痺れた。その名残をふりきるように、桐也は彼に背を向ける。

部屋を出ていってドアが閉まるまで、とうとうクリストファーはなにも言わなかった。

胸がずきずきして収まらない。

どうしてだろう。別れるのなんて、いつものことだ。今回は相手が飽きるより早く、桐也のほうから先に言っただけなのに、どうしてこんなにつらいんだろう。

(自分から言いだしたくせに)

クリストファーは、桐也と続けるためにと提案してくれた。続けようとしてくれたのに、それを蹴ったのは桐也自身だ。重くて背負いきれなくて、怖じ気づいて逃げただけだ。

いつもは相手を失うことではなく、誰も彼も自分から去っていくというそれ自体におちこんだ。空っぽの人間なのだと思いしらされてつらかった。

けれど今は、傍にクリストファーがいない。ただそれだけがつらい。

少しでも、ひきとめられたい、なんてな。

莫迦だなあと思う。そうして、かつての彼女たちが別れるあいまに微《かす》かに見せた不可解な表情も、やっと意味がわかった。

ひきとめられたかったのだ。考えなおしてくれと、言われたかったのだ。最後の賭《か》けをして、そうして破れた。

(別れるって決めたのに)

決めたのは自分なのに、こんなにひきずられるなんて。ひきとめられたいと思うなんて。

「あれ、無駄になっちゃったなあ」

ほぼ完成しかけていた薔薇のブレスレットは、もうひきとり手がない。店で売ってしまおうかとも思う。

(山路さんに頼まれたのも、俺がつくったって知られたら嫌がられるかな)

いや、でも。彼は兜と剣のブレスレットをしていた。きっと、贈り主が重要なはずだ。槙にはどこで買ったのかを伏せてもらえばいい。

「…………っ」

ひどい寂寥《せきりょう》感に、胸が軋む。妙な声がでそうになって、桐也は唇を嚙みしめた。

タクシーは夜の街を、静かに動いていった。

＊　＊　＊

もとの日常に戻るだけだ。クリストファーと関係を持ってから、それほど長い期間じゃない。今までのように、起きて仕事して眠って、それでいい。

また、仕事探さなきゃな。

代わりが見つかり次第、店はやめる。

幸いにも桐也は接客業に慣れているし、長時間労働も苦にならない。次の人がいつ見つかるかわからないが、備えだけはしておかなくては。

店の電話が鳴るたび、肩がびくりとする。もしかしたらクリストファーではないかと思って、すぐにあり得ないと否定するののくり返しだ。

クリストファーの誕生日にと頼まれた銀細工も、のろのろと続けていた。槙に頼まれたものはともかく、自分で渡すつもりだった薔薇の細工など、もう不要だ。

不要なのに、店で売れればいいだろうとかなんとか自分に言い訳をしながら、作業をつづけていた。

いくつつくっても、気にいらない。どうしても彼に渡せるような仕上がりにはならない。

彼と別れて十日もすぎたころ、槙がふらりと店へ現れた。めずらしく、達見は一緒にいない。

「お一人なんですか？」

「達見さんは、今、他の買いものをしてます。すみません、待ちあわせに使わせていただいちゃいました」

「なるほど、いつでもどうぞ」

彼は桐也とクリストファーが別れたのを知っているのだろうか。訊ねたかったが、訊くのも虚しい。知らないふりをしてくれているならありがたいし、本当に知らないでいるのならそのまま、知らずにいてほしいと思う。

いずれ、遠からずばれてしまうだろうけれど。

「そういえば、あれの進行はいかがですか？」

槙に問われ、なんのことかと首を傾げた。一拍置いて、頼まれていた誕生日プレゼントだと気づく。

「なんとか、まにあうと思いますよ」

「よかった。すみません、無理をお願いして」

「どういたしまして。ああでも、キャンセルはいつでも受けつけますから遠慮なく」

つけ加えたのは、様子を探るためだった。槙は笑んだまま、ゆっくりと首を振る。その表情に、ああ、知っているのだなとわかった。

「キャンセルなんてとんでもない。楽しみにしてるんです」

「あまり期待されても、たいしたものはつくれませんよ」

期待は苦くて重い。ああそうか、と気づいた。考えてみれば、桐也は今まで誰かに期待されたことなど、なかったように思う。

　クリストファーに来てくれと請われ、彼の仕事を手伝ってくれと頼まれ怖じ気づいたのも、なるほど期待を背負うのを逃げていたせいだろう。

（ほんとに、重いな）

　自分がたいした器じゃないとわかっている分だけ、ひどく苦い。

「達見さんの誕生日にはもっと豪勢なものをお願いするので、クリスさんの分はほどほどにしてくださいね」

　槙が悪戯めかして言った。

「ほどほど、ですか」

「だって、いちばん喜ばせたいじゃないですか」

　いちばん喜ばせたい。槙に当然のように告げられ、桐也はきょとんと目を瞬かせた。

「クリスさんと一緒じゃきっと拗ねるから、豪華さで差をつけようかな、なんて。イニシアルとかじゃなくて、今からデザイン考えておきます」

「了解しました」

　桐也もおどけて応えながら、きっとそのころには自分はいないだろうとぼんやり思う。達見の誕生日は知らないが、そう遠くない時期に、ここをやめるつもりなのだ。

　この街で仕事を見つけるのか、それとも他へ行くのか。他へ行くといっても、とりたててあてはないけれど。

離れるつもりでいた。なんとなく、クリストファーのいる近くには、いてはいけないような気がした。

結局、従兄と自分となにが違ったのかなんて、わからないままだ。なにも見つからないのも当然で、探そうともしていない。

見つけたいと思うだけで、行動していない。クリストファーにしてもそうだ。彼からは与えられるばかりで、桐也はなにもしなかった。会いたいと言われ、触れたいと望まれ、それだけで。

（ああ、そうか――）

さっき槙は、いちばん喜ばせたいと言った。やっと、少しだけわかった気がする。

従兄がどうして誰からも愛されたかはわからないままだけれど、少なくとも彼ほど桐也が愛情を傾けられなかった理由はわかった。

桐也が、誰も愛さなかったからだ。請われるままに手をとるが、その手を握りかえしはしない。摑んでそのまま、ただそれだけ。

クリストファーは桐也といるためにとあれこれ手段を考えてくれたけれど、桐也はそれを受けとるばかり、受けとめきれなくなったとたん、努力すらせず彼の手を離した。

誕生日を知らなかったのだって当然だ。知りたければ訊けばいい。ところが桐也は、彼についてなにひとつ、知ろうともしなかった。

いくら愛情を傾けてもちっとも返さない、受けとるだけでたいして喜びもしない、そんな相手にいつまでも関心など寄せてはいられないだろう。誰とつきあっても長続きしなくて当然だ。

それでもたぶん。桐也はクリストファーが好きだった。恋愛感情かなんて問われたらわからないままだけれど、惹《ひ》かれていたのはたしかだ。

だからこそ、ついてこいと言われて、彼と自分とのあいだの越えられない壁を感じて、逃げだしたのだ。

つましく暮らす自分と、大金を無造作に右から左へと流す、とんでもない立場の彼とのあいだは遠すぎる。

いずれ、彼も離れていくだろうとわかっていたから。

臆病《おくびょう》な自分に気づいて、情けないと自嘲する。それでもこれは、桐也が自分で決めたことだ。おちこんだり、仕事に支障をきたしては、まるであてつけのようになってしまう。

(最後まで、ちゃんとしよう)

今できることなど、そのくらいしかないから。

＊　＊　＊

忙しいのはありがたい。よけいなことなど考えずにすむ。夏のバカンスシーズンが終わり、客足はおちついたものの、土日となればそれなりに混みあう。

冷やかしの客にも買いもの客にも笑んで応対をし、ようやく一息つく。

そういえば、と、乱れた棚の整理をしていたアルバイト店員の加賀が、口を開いた。

「またティレニアにお茶行ってきたんですよ。そしたら、すっごいざわざわしてたんです。あっちこっちに警備員っぽい人も立ってて。どうしたのかなーっと思って訊いてみたら、スイートのお客さんがロビーで刺されたって。スイートのお客って、オーナーですよね？　違うのかな」

「えっ――」

刺された？　誰が。……まさか。

だって、クリストファーにはボディガードがいる。有能だとも聞いている。守られているのに、そんなはずはない。

「そん、な」

「店長も知らなかったんですか？　じゃあ、違う人かな。スイートルームって一つじゃないですもんね」

そうですよねえといいながら、それでも彼女はまだ不安そうだった。

（まさか。……まさか、そんな）

　クリストファーになにかあったなんて、きっと間違いだ。彼はちゃんと守られているはずだ。

（もしかして）

　観覧車に乗ったあの日、本当に二人きりだった。まさかとは思うけれど、あれからずっと一人で行動していたんだろうか。そんなはずはない。――ああでも。

「加賀さん」

「はい？」

　指が震え、血の気がひく。早く、たしかめなくては。

「今日、臨時休業にしていいかな。ちゃんとバイト代は出すから」

「え？　ああ、もちろんいいですよ。働かないでお金もらっちゃうなんてラッキーですもん。オーナーだったら心配ですもんね」

「ごめんね、ありがとう」

　急いで『CLOSED』の札をだし、桐也は顧客名簿を探った。槙の連絡先を確認し、携帯電話を素早く操作する。

　公私混同だ。こんなことのために、名簿を預かっているわけじゃない。それでも、指は一瞬の躊躇《ちゅうちょ》もなかった。

「あの、楡井です。クリスさんになにかあったって聞いて、その」

勢いこんで言ってしまってから、途中ではっと我に返った。今はもう、桐也とクリストファーのあいだにはなにもない。ガードの堅い彼のことだ、関係者以外には教えられないと言われてしまうことだってある。

『楡井さん？　ええと、あの』

電話口で、なにごとか話しているようだ。達見がいるのだろう。もしかして、まずいときに電話をしてしまっただろうか。

「すみません、突然で。間違い、ですよね？　店の女の子が、ロビーで誰か刺されたって言っていたので、つい」

早合点してすみません。桐也は電話口で謝った。

だいたい、こんなことを問えるような仲でもないのだ。慌てて、いったいなにをしているのだろう。

『いえ、あの。それ、本当なんです。言っていいのかどうか、迷って』

「すみません。教えていただけませんか」

槙の声に被さるように、桐也は言った。おちついてくださいねと言いおいて、槙はあらましを話してくれた。

一昨日《おととい》のことだ。夕方、食事をしようとおりてきたところを、ホテルの客を装った男に刺されたらしい。犯人はすぐに逃げて、まだ捕まっていないという。

「そん、な……だって。ボディガード、つけていたんでしょう？　どうして」

『どうしてか最近、クリスさん一人で動くことが増えて。達見さんもだいぶ反対してたんですけど、ここは本国じゃないから大丈夫だよって』

「まさか、だって」

だって、あんなに気をつけていたのに。

（まさか、俺のせい？）

いやなふうに動悸《どうき》がする。そんなはずはない。たしかに、観覧車には二人きりで乗りにもいったけれど、でももう、彼とは別れたのだ。桐也を気にする必要なんてどこにもない。

なのに、どうして。

『重傷で、今入院してるんです』

「重傷って、あの、容態は」

『今は安定しているはずですけど、まだ安心できないとかで』

「病院、教えていただけませんか!?」

ほとんど怒鳴るような口調で言うと、その勢いに負けたのか、槙は病院名を口にした。ありがとうと言うのとほぼ同時に電話を切り、急いで店を閉める。

タクシーで病院へつくまで、クリストファーのことしか考えられなかった。

——どうか、無事で。

誰かに祈りを捧げるなんてはじめてだ。それでも、誰でもいいから縋《すが》りたい。組みあわせた手が震える。

桐也は病院の廊下を駆け、息せきって病室へと辿《たど》りついた。閉ざされたドアのまえで息を整え、緊張に乾く喉をごくりと鳴らす。

どきどきと嫌なふうに鼓動する心臓を堪《こら》え、震える手でノックをした。

「——どうぞ」

声はすぐに返ってくる。その声が誰かと確認するより先に、桐也は急いでドアを開けた。

「やあ」

「えっ……」

どうして。桐也は呆然《ぼうぜん》と目を瞠った。

その『重傷の怪我人』は、桐也のまえで暢気《のんき》に手を挙げてみせた。服こそ入院時の服だが、ベッドに寝てすらいない。立ちあがり、茶器を弄っているのだ。

「なにしてるんです⁉」

「うん？　マキから連絡あって、キリヤがくるっていうから準備をと思って。フルーツならたくさんとどいているけど、どれが食べたい？」

「食べたい、じゃなくて……っ」

呆然として、それから猛然と腹がたってくる。

「うん、まあ座って？　おちついて、お茶でも飲もうよ」

膝から力が抜けて、そのままこの場に頽《くずお》れそうだ。それでも、桐也はよろよろとクリストファーに近づいた。

「いらっしゃい。よく来てくれたね」

その暢気な声とにっこりと笑んだ顔を見ると、カッと血がのぼる。

（あんなに、心配したのに……！）

無意識に、手をふりあげていた。彼の頬へあたるはずだったそれが、宙で止められる。力強い腕が、桐也の腕を摑んでいた。

「そう怒らないで」

「だって、重傷だって。危ないって……！」

「うん。訊かれたらそう応えてって言ってあった。でもねえキリヤ、考えてごらん。命が危ないって患者が、たとえ特別室だといっても、暢気に寝ているかな。ふつうはＩＣＵに放りこまれると思うよ。ついでに言えば、たいていそういう場合は面会謝絶」

「あっ」

「ヒロトとマキ、それに、もし君が来たら通してって言っておいた。他の見舞いは、丁重にお断りを申しあげているよ」

話すから、とにかく座ってくれ。重ねて請われ、ようやく桐也はベッドの縁に腰かけた。怪我人のはずのクリストファーが立って動きまわり、桐也のためにお茶を用意している。

奇妙すぎる光景だった。

「僕は、危ない橋は渡らない。命は別に惜しくないけれど、むざむざ死にたくもないからね。それ以上に、僕の事情に他の人間を巻きこみたくないんだ」

「まえにも、そう言ってましたね」

「うん。それでも、キリヤを諦めきれないとも言ったよ」

けれど、桐也は彼に別れようと言った。終わりにした。

「それが、なにか」

「自棄《やけ》になっていたわけじゃないんだ。よかれと思って、僕は君に安全な場所として護衛つきの家を渡そうとしたし、仕事にもついてきてほしいと言った。けれどそれは、キリヤには重かったんだろう？」

「俺は、そこまでしてもらうような人間じゃありません」

「それは僕が決める。これも言ったね。まあいいや、それで、君に終わりだって言われて、いろいろ考えたんだ。このままじゃ駄目なら、なにか変えなきゃなと」

このままじゃ駄目なら、なにかを変える。本当は、それは桐也こそがしなくてはならなかったことだ。

本当は、両親に愛されなくて寂しかったくせに。誰も彼も従兄の周りに集まるのが不思議だっただけじゃなく、羨《うらや》ましかったくせに。

彼に、なりたかったくせに。

自分ではなにひとつ、変えようとしなかった。自分から愛そうとすらしなかった。

「やっぱり俺のせい——ですか」

彼が刺されたのは、桐也のせいだ。たとえ彼が軽傷であっても、その重い事実は変わらない。

「違うよ。僕がそうしたかったから、それだけだ。別れようと言われても、今までのように君を簡単に諦められなかった。でもこのままじゃもう一度なんて無理だろう？　環境を変えて、今度は大丈夫だろうって、頼みにいくつもりだったよ」

「それは、俺が簡単に手にはいらなかったからじゃないですか？」

手の中へ転がりおちてしまえば、いずれ飽きるだろう。今まで、なににも執着したことはないと言っていた。手にはいらないものもなかった、と言っていた。

クリストファーとは違って、桐也はどこにでもいる普通の人間だ。こんな人間にクリストファーがこだわるのが不思議だ。

理由なんて、一つくらいしか思いあたらない。なかなか、首を縦にふらなかった。それだけだろう。

「ねえ、キリヤ。恋をするのに理由なんていらないんだよ」

クリストファーは柔らかく笑い、桐也の頰を片手で包んだ。だらりとさがっている反対の手に包帯が巻かれているのに、ようやく気づく。

「数えきれない人間の中で、誰か一人だけを好きになるなんて不思議だろう？　理由や条件で恋をするなら、もっと理想やら好みやらにあう誰かが現れたらそれで終わりになるけれど、そうじゃないだろう？」

「それを俺に訊くんですか」

「キリヤだって、今まで誰も好きになったことはないんだろう？」

「……そう、ですけど」

「うん。それでね、大勢の中から、僕はキリヤがいいと思った。断られつづけてムキになっていたのは否定しないよ。そういう気持ちもあったからね。実際、つきあいはじめたらすぐ、醒めるんじゃないかと自分でも疑ってた。──けれどね、違ったんだ」

キリヤがどれだけつれなくても、僕は君に夢中だよ。自分の怪我を利用して、こんなことをしでかすくらいには。

クリストファーは言って、腕をあげてみせた。

「怪我は？」

「たいしたことない。入院はフェイク。犯人捕まえるのに、そのほうが都合がいいから。このへんはあまり君には話したくないけれど、警察より先に捕まえたいんだ」

「ここ、警察はあまりあてにならないって、聞いてますけど」

「うん、そう。ここでは警察よりカジノ経営者の団体のほうが強いってことだよ。ふつうに生活している分には、あまり関係ないけれど。こっちの問題は、こっちで解決する。偉いオトナがよってたかって、そういうことにしてるんだ」

桐也には本当の具合を話してもよかった。口が堅いのはわかっている。それでも敢《あ》えて、フェイクで流した情報をそのまま伝えさせたのは、クリストファーの賭けだった。

「賭け、ですか」

「僕はふだん、つきあい以外でギャンブルはやらない。それでもね、賭けてみたい気分だった。もしどこかから話を聞いて、君がなにかしてくれたらって。もう一度、戻ってきてほしくてね。怒るかい？」

「……いいえ」

思わず、苦笑いが浮かぶ。桐也も結果的には同じことをしたのだ。あのとき、無意識のうちにひきとめてくれるのじゃないかと期待していた。そういうことだ。

「来てくれたってことは、僕は少しくらい期待してもいいのかな。それとも、これは義理かい？」

桐也はごくりと喉を鳴らす。これから言おうとしている言葉は、頭の中でごちゃごちゃになっていて、上手く伝えられる自信がない。

「あなたの誕生日に」

「うん？」

唐突な話題転換に、それでもクリストファーは黙ったまま聞いてくれる。

「用意してたんです。……渡したいものが、あって」

「僕の誕生日なんて、よく知っていたね。教えてないよね」

「山路さんに教えてもらいました」

「そうか。それで期待しててなんて言ってたんだな。めずらしくマキが悪戯っ子みたいな顔してたから、どうしたのかなと思ってた。それでもこのところ、複雑そうだったけれど」

「薔薇が好きだって言ってたんで、……つくったんです」

もう、いっそすべてを話してしまおう。どうしてブレスレットなのかも。

「あなたが、その、他の人からもらったものをずっとつけているから、なんだか……ええと俺らしくないんですけど」

「ああ、これ？」

クリストファーは小さい棚の上から、チェーンのついたブレスレットを摘んだ。

「はい」

「だって、キリヤがつくったものだよ。ずっと持っていたくて当然だろう。君からもらえたらもっとよかったけれど、それは無理だろうって思っていたしね。本当に、僕にくれるの」

「はい」

「他の女の子たちはともかく、彼女とはなんでもないよ。呉服っていうのは、海外の人間には魅力の一つでね。ホテルの仕事の関係で、いろいろあった。それだけだ。だいたい、既婚者だしね」

「そう、なんですか」

「うん」

じゃあ、「あなたをいつでも思いだせるように」というのは、ただの軽口だったのか。彼女も、それも知っていて受けとめたのか。

「ついでだから言うけど、僕は他人を利用するのに躊躇しないたちだ。彼女にしろ他の女の子たちにしろ、巻きこむとまずいから仕事以外じゃ二度は会わないけれど、それでも、誰彼なく応じるってポーズをつくっておくのにちょうどいい」

「ポーズですか」

「そうだよ。君以外はどうでもいいんだ。君に目を向けさせないためなら、なんでもするさ。他にもたぶん、君が知ったら退くような話もたくさんあるだろうね」

それでもいいかい。それでも、僕といてくれるだろうか。

クリストファーは、まっすぐに桐也を見た。

「それほど、繊細じゃないです。知ってると思いますけど」

「まあ、そうだね。でも、聞いてるのと実際じゃ違うよ。今度はたぶん、簡単には手を離してあげられないかもしれない。もともと僕は、誰かのためを想って身を退くなんて芸当をするような人間じゃないんだ」

「あなたと離れて。自分で決めたのに、後悔したのははじめてです。離れたくないと思った人も、あなただけです」

今はこれしか言えない。クリストファーのくれる言葉とは重みもずいぶん違うけれど、桐也に言える精一杯だ。

「ありがとう。それで充分だよ。僕といると面倒なことばかりだろうけど、一緒にいてほしい」

「俺も、努力しますから。どうかもう、無茶はしないでください。寿命が縮まりました」

「うん」

どちらからともなく、唇を寄せる。しっとりと重ねて、いつまでも離れがたい。指先をしっかりと搦めて手を握り、唇が腫《は》れるまで重ねて擦りあわせて吸って、ずっとそうしていた。

「目が潤んでるよ」

「言わないでください」

だって、しかたがない。クリストファーに触れたら、いつもこうだ。

ここが病院でなければ、そのまま縋りついていたかもしれない。

残念だと思っていると、腰が掬《すく》いあげられ、そのままベッドに倒された。

「あ、の。ここ、病院です……っ」

ジャケットがとりさられる。続いてシャツに手がかかった。クリストファーがなにをしようとしているかなんて、考えるまでもない。

「僕が泊まるんだよ？　鍵がかかるに決まっているだろう。今はかけていないけれどね、今回ばかりはちゃんと、ボディガードががっちり守ってるさ」

「でも、あの」

「嫌かい？　誰も入れたりしないよ」

「だ、って――」

「黙って、キリヤ」

緩くもがくだけの抵抗では、迷うのに気づかれて当然。クリストファーに唇を塞《ふさ》がれ、首筋や肩を撫でられてしまえばもう、くたくたと力が抜けていく。

「もう君は誰にも渡さない」

耳元で囁く声は静かに低く、そのくせ強い。ぞくりと背筋が慄いて、感情が爆発しそうになる。

なにも言えないまま、桐也はおずおずと彼の背中に腕をまわした。指で、ぎゅっとしがみつく。

「いい子だね。そのまま、僕にすべて預けて。……返してあげないけれどね」

シャツが剝《は》がれ、ボトムも下着ごとひきずりおろされる。床に散ったそれらがどうなるかなど、もう考えている余裕すらない。

（返さなくて、いい――）

クリストファーに預けたまま、そのまま彼が抱えていてくれるなら、それは桐也の望みどおりだ。もういっそ、そうして彼の一部になってしまえたらいいのかもしれないとさえ思う。

愛されたいばっかりで、自分から誰も愛さなかった。せっかくクリストファーが桐也を求めてくれたのに、与えられるばかりでなに一つ返さなかった。電話もしないメールもしない、約束はいつも彼がくれるのを待って、なにが欲しいかと問われても「なにもない」。彼のことさえ、ろくに知ろうとしなかった。

考えてみれば、自分から行きたいと願った場所はあの観覧車だけで、それも問われて乗ってみたいと答えただけだ。

ひたすら与えられつづけ、腕に抱えきれなくなると怖じ気づいて逃げた。クリストファーが飽きたらだのなんだのとか、彼と自分とでは違いすぎるだとか言い訳をしていたけれど、結局は責任をとりたくなかったし、傷つきたくなかった、それだけのことだ。

こんな自分をまだクリストファーが求めてくれるなど、まるで奇蹟だ。

欲しいと求めてくる眼差しも、腰を摑む強い腕も、クリストファーは隠さなかった。卑屈なことばかり考えていたのは、「どうせまた駄目なのだ」と予防線を張っていただけだ。最悪の場合を考えて、そのときに受ける衝撃を少しでも和らげておこうとしただけだ。

自分だけを守ろうとしていただけだ。

(ごめんなさい)

クリストファーの指と唇とが、身体中を這いまわった。発火したように熱くて、じっとしていられないのに、彼が触れればさらに熱くなる。

どうしたら彼に応えられるのか、まだわからないけれど。それでも、ろくに使わないまま錆びついている感情のぜんぶを使って、彼に応えたい。

限界いっぱいに拡げた桐也の脚のあいだに、クリストファーが額づいた。いきなり全容を呑みこまれ、腰が跳ねる。ずるずるとしゃぶられながら丹念に舌を這わされ、反りかえる背中には指が伸ばされた。

クリストファーの指が桐也の背中をなぞり、ウエストラインを越え、尻の狭間にまでおりてきた。そこをごく軽く擦られただけで、骨ごと蕩けそうなくらい感じてしまう。

桐也はぶるりと胴震いし、鼻にかかる声をあげた。

高ぶったものはクリストファーの口腔に捕らえられ、吸われ転がされて脈動している。桐也も彼も呼吸は荒くて、広々として清潔な病室とのコントラストは異様だった。

「ん、んっ」

声をあげれば聞こえてしまうかもしれない。桐也はあげかけた声を懸命にこらえた。

「キリヤ、声、聞かせて」

「で、も……っ」

外に漏れてしまう。いくら特別室といったところで、ドアの厚さは変わらないのだ。狼狽えて首を振る桐也に、クリストファーは「お願いだ」と囁いた。

「声が聞きたい」

もう一度ねだられれば、嫌とは言えなかった。恥ずかしいとかみっともないとか、他人の目を気にしすぎたせいで、クリストファーに怪我までさせたのだ。

(ああ、そうか)

桐也の事故を彼が気にしていた理由も、朧気にわかった。自分のせいで怪我をさせたのに、どう償えばいいのかわからないのだ。なにをしても、足りないような気がする。

あのとき、違うように行動していればこんなことにはならなかったかもしれない。後悔ほど、苦いものはない。

桐也はそっと唇を開いた。無理にあげようとしなくても、勝手に声はこぼれてくる。甘ったるく響くそれがものすごく恥ずかしかったけれど、彼が望むならとこぼすままにした。

「ひ、あっ、クリ、……スッ、も、……い、く……っ」

ぐっと腰を持ちあげ、足先に力をこめる。できるだけこらえようとしたけれど無理で、桐也はクリストファーの口腔に体液を迸らせた。

びくびくと断続的に震える身体はそのまま、クリストファーは最後の一滴までをそこから吸いあげてしまう。

シーツの上へ頽れた肌に、どっと汗がふきだした。

彼の唇に放った体液を啜られ、それがそのまま、奥深いところにもたらされる。自身の体液を塗られるのは恥ずかしいし異様な感触だったけれど、離されるのはもっと嫌だ。

奥を指で拡げられ、ねっとりした体液を送りこまれた。長い指がスライドしていくたび、そこが彼を欲しがって窄まる。

呼吸はもうとうに憶えた。そこは沁みこんだリズムにあわせ、深く突かれれば緩め、退かれれば強く締めてと蠢く。ときどきそうでとどかない、欲しいだけの強さには足りないもどかしさに桐也は腰を揺すってねだり、もっと深く彼の指を銜えこもうとする。

ぬちぬちと濡れた音がかすかに聞こえる。指でそこに愛撫を施しながら、クリストファーは桐也の顔に首に、キスをする。

何度も愛おしげに触れてくる唇の感触に、桐也は熱い息をこぼした。

病室のベッドはそれほど広くなく、成人した男二人が横たわるには狭い。けれどその狭さを感じないほどぴったりと身体を重ね、互いの身体を高ぶらせて喘いだ。

桐也のそこが充分に和らぐと、目をあわせたまま強く抱かれた。

「――――っ」

手を繋いで、脚を搦めて、奥深いところに彼を受けいれる。

いつもより彼は性急で、そこが軋む痛みを微かに訴えてきたけれど、そんなものすら障害にならない。

「キリヤ」

「は、……いっ」

苦しい息のあいまから、それでも桐也は声を絞りだした。

「僕は、どうしたら君の歓心が得られるのか、それればかり考えてた。欲しくて奪って、手放せなくて、これからもたぶん、無理を言うと思う」

クリストファーの腕が桐也を離すまいと摑む。桐也は自分から身体を寄せ、ぴったりと添った。もっと深くと腰を揺すり、彼を唆してさえみせる。

掠れた声で話しながら、桐也もクリストファーも動きをとめない。

「家だとか仕事だとか、他のものもだけど、どうしたら君に僕の気持ちが伝わるのかわからなくて、ついモノに頼ってしまうんだ。悪い癖だね」

「そん、な、こと……はっ」

強引に入りこんでくるクリストファーのもので、桐也のそこが拡げられる。内襞を擦る固いものは火傷しそうなほど熱くて、蕩けそうなほどの愉悦を与えてくれる。

「キリヤが受けとってくれるなら、なんでもよかったんだ」

かすかに上擦る声で告げられた言葉は、まっすぐに桐也の胸の深いところを射た。

言葉で貫かれた胸が痛い。痛くて、涙がこぼれそうになる。それでもこらえて、桐也は無理やりに笑みをつくった。

彼が笑いかけてくれるから、同じ表情を返したかった。

底の抜けたバケツのような桐也に愛情を注ぐ行為は、どれほど虚しかったのだろう。なにをしても反応のない、困ってばかりいる桐也を相手にしていて、放りだしたくなることはなかったんだろうか。

(ほんとに、ごめんなさい)

桐也は弱くて、自分を守るのに精一杯だった。望むより諦めるほうがずっと楽だからと、つらくないからと逃げて、目を瞑って。

泣き笑いのような複雑な表情のまま、クリストファーをひたと見つめる。

「なにも遠慮しないで、言いたいことがあったらぜんぶ言って」

「あ、……あっ」

ずるっと、クリストファーのものが最奥を突いた。

「クリ、ス……っ」

「なに？」

呼べば、甘い声で応えてくれる。

「俺、は……っ。なにも、できなくて、……ごめん、なさい」

喉が詰まるのは、動かされる身体だけのせいじゃない。気持ちが高まりきって、上手く言葉にできない。

人を好きになれば、同じ気持ちを返してもらえずにつらくなるから。だから、好きになるまえにブレーキをかけていた。誰も彼も、自分になど関心はないのだと思いこんで、繫がれた手のひらを握りかえそうとさえしなかった。

今まで、ずっと。

「どうして謝るの」

「だ、って、今まで、……ぜん、ぶっ」

たぶん、言いたいことの半分も伝わってはいないだろう。言葉は断片的にすぎて、言っている桐也でさえ意味をとらえかねるほどだ。

「僕が君を欲しいと言ったんだ。君の気持ちがどうでもかまわないとも言ったよ。……それでも満足できなくて、やっぱり気持ちまで欲しくなってしまったけれどね」

クリストファーの声が自嘲ぎみに響く。桐也は必死で首を振った。

「ちが、……うっ」

だって、欲しがられて嬉しかった。彼が、自分などをあれほどに欲しがってくれて、たまらなく嬉しかった。

綺麗で親切で、桐也を求めてくれた人。離れたくないと願うのはあたりまえだった。

(気持ち、なんて)

そんなもの、欲しいと求められるのなら、いくらでも渡したい。桐也などの気持ちでいいのなら、彼が欲しいだけ渡してしまいたい。

ずっと目を瞑ったまま生きてきた桐也にとって、まだわかっていないことはきっと多くて、これからも彼を戸惑わせてしまうだろうけれど、いつかは。いつか、彼が求めてくれただけのものを返したい。

「あっ、……だ、めっ」

桐也のものに、クリストファーの指が絡まった。

鋭い感覚が背筋を駆けぬけ、せっかく話そうとした言葉が、頭の中から消えていってしまう。

指は的確に桐也の感じる場所ばかりを捉え、集中的に弄って昂ぶらせる。そうされるともう駄目で、たちまち頭の中は霞がかかったように散漫になった。

仰向けの身体に重なってくる、クリストファーの熱さがたまらない。ぽたりと垂れる汗さえもったいなくて、舐めてしまいたいのにとどかない。

せめてもと思いきり腕に力をこめて抱きつき、彼の肩口に顔を埋めた。

クリストファーの匂いがする。鼻孔から入りこむそれすら、桐也を昂ぶらせた。

めいっぱい奥にまではいりこんだクリストファーが、ゆったりと腰を動かしはじめた。深いところへ入りこんだまま、桐也の身体ごと揺すってくる。彼のものの切っ先がじくじくと疼く内襞を小刻みに抉り、円を描くように大きくまわした。

「く、……はっ」

「キリヤ、痛くはない？」

「だい、……じょ、……ぶっ、です」

声が途切れるのは、様子を窺うようにクリストファーが揺すってくるせいだ。あがる息もこぼれる声もゆらゆらと動く身体もすべて、あますところなくクリストファーに見つめられている。

達してもまだ弄られ、性懲りもなく熱を凝らせた桐也のものは、彼の指に煽られて漲り、体液を滴らせる。

クリストファーはいったん腰を退き、強く打ちつけてきた。ぱんと肉のぶつかる音がして、息がつまるような衝撃が走る。

「そろそろ、……僕も限界だな。動いてもいい？」

「うご、……いて……？」

好きなだけ暴れていい。形さえなくなるほど貪られたい。囚われて食いつくされて、なにも残らないくらいに。

クリストファーの動きが速まり、強く激しくなっていく。縦に横にと揺らされ、そのたび、桐也はくしゃくしゃのシーツの上を泳いだ。

自分からも腰を動かし、クリストファーを銜えたそこに力をこめる。ぎゅっとひき絞れば頭上で彼が低く呻く。その声が、たまらなく艶めかしい。

桐也は彼の首筋に縋りつき、彼の顎や頬に唇を這わせた。荒い呼吸のあいまに舌を伸ばし、触れる肌を舐める。

彼を挟みこんだ脚をぎゅっと狭め、逃すまいとする。

突いて、抉って、ぐるりと掻きまわして。クリストファーの動きに、桐也は懸命についていこうとした。

「……上手、だね」

「ほん、と……に、……？　あ、ああんっ」

「ああ、すごい。気を抜くと、もっていかれそうになる。キリヤのここは柔らかくて、すごくいいよ」

「あ、あっ。うれ、……し、……ん、んっ」

唇が強く押しつけられ、腰の奥をされているのと同じかそれ以上に強く、口腔を舌に掻きまわされた。桐也からも舌を伸ばして彼のそれに搦め、どうにか少しでも快感を伝えようとする。

身を捩り腰をくねらせ、強く締めつけたその部分で彼のものを擦りたてる。クリストファーの息が荒くなるのが、嬉しくてたまらない。

ずる、ずると擦りつけられる奥が熱い。少しもじっとしていられなくて、どうにか籠もる熱を逃がしたくて、桐也は指といわず膝といわず、足掻くように動かす。

「あ、……あ、ああっ」

くる。腰の奥からぞくぞくと這いあがってくる感覚に、ぎゅっと瞼を閉じる。まわした腕に力をこめ、めいっぱいでしがみつく。

「――――ッ」

「あ、……ひ、ん…………っ」

クリストファーが喉を鳴らし、力強く打ちつけてきた。そのままぐいぐいと奥を抉られ、桐也はろくに残っていなかった体液の名残を散らした。きつい締めつけにクリストファーの動きが止まり、やがて彼も桐也の中へと滾る欲望をすべて叩きつけた。

疲れはてて横たわる身体の上を、クリストファーの手が優しく拭っていく。自分ですると言いたいのに、もう指を動かす力さえ残っていない。

「無理しなくていい。ゆっくり休んで」

クリストファーが桐也の髪を一房掬い、口づけた。

「これ、じゃ。……どっちが入院しているのか、わかりません……よ？」

嗄れた喉でどうにか告げると、彼は「それもそうだね」と笑った。

「怪我、は、本当に大丈夫、ですか？」

「うん。今のでわからなかった？」

クリストファーはまるでいつも通り、見たところ目立つ傷もなかったように思う。けれど、もし彼がどこか傷めていたとしても、はたして痛いのだと
(言わないような気がする)

黙って平気な顔をしていそうで、だから怖い。――今さら、だけれど。

少しずつでいい。この人のことが知りたい。書類に書かれるようなプロフィールも、できれば内面の深いところまで。

「犯人に心あたり、は、あるんです……か？」

「うん」

驚くほどあっさりと、クリストファーが頷く。少し迷う素振りを見せ、それから口を開いた。

「たぶん、以前君を撥ねたのと根っこは同じだと思う。僕を刺した奴はすぐ捕まえたけど、そいつは末端でね。気にいらなかったからやった、単独犯行だとしか言わないんだ」

どうにか決着をつけたくて隙をつくったのに、未だにここを襲ってくる気配はない。

「こんなことはめずらしくなくてね。僕はどうも、なんの苦労もなく好き放題生きて、遊び半分で他人のテリトリーに手をだしてひっかきまわして、面白半分に事業をしてるふうに見えるらしい。実際その通りでもあるんだけど、そりゃあ、腹もたつだろうさ」

クリストファーにはクリストファーの事情がある。けれど、それをいちいち誰彼かまわず喧伝《けんでん》してもいられない。わかってもらえないなら、いちいち伝える必要もない。

恨むのも呪うのも、好きにすればいい。冷えた声で、クリストファーが言った。

そうして、彼は桐也をひたと見据えた。

「もし君がここへ来たら、巻きこまれる危険はあった。本当は、遠ざけたほうがいいんだろうともわかってた。それでも、できなかった。会いたかったし、どうしてもこのチャンスに賭けてみたかった」

たとえ今回の首謀者を捕らえられたとしても、いずれまた、似たような人間は現れる。そうして、ずっとこんなことのくり返しになるのだ。桐也を手放せないのなら、どうしたって巻きこむことになる。

一度は別れると承知したのも、そのためだ。このまま手放せるなら、お互いにとってそのほうがいいだろうと思った。

桐也は無事でいられるし、クリストファーも、桐也の心配をしなくてすむ。兄のような目には遭わないですむ。

それでも、やはり諦めきれなかった。諦められなかったから、賭けた。

「僕はこの通り、勝手な人間だよ。君が心配だといいながら、みすみす危険かもしれない場所へ呼びよせた。おまけに、まだこんな状況だ。それでも、僕といてくれるかな」

真摯な問いに、桐也はどうにか重い身体を起こす。途中からはクリストファーが手を添えてくれた。

彼の手のひらに自分の手を添え、桐也もまっすぐに見つめかえす。

「――俺でいいなら、傍に、いさせてください」

重ねた手のひらが動き、どちらからともなく指が絡まる。きゅっと力がこもるのに、桐也は心底から柔らかく笑んだ。

＊　＊　＊

桐也のつくったブレスレットは、常にクリストファーの左手首に巻かれている。

「恥ずかしいから、外にはつけていかないでってお願いしたんですけど」

つくったプレゼントの礼にと店を訪れた槙にこぼすと、「無理ですよ」と笑われた。

「だってクリスさん、めちゃめちゃ自慢してますもん」

「あんまり上手くできなかったんですよ？　花なんてつくったことないし」

「俺はああいうの好きですよ。いいなあって言ったら、僕だけのものだから、同じものは頼まないでって釘を刺されちゃいました」

そういえば、と、槙は首を傾げた。

「楡井さん、たしかここには人を探しにきたって言ってましたよね。今さらですけど、見つかりました？」

従兄の話はしていない。けれど、人を探しにここへきたと、以前に槙に話している。

「はい。クリスさんに見つけてもらいました」

「さすがですね。あのひと、どこまですごいのかって、ときどき目眩がします」

「俺もですよ」

探していたのは人ではないのだけれど、たしかに、クリストファーが見つけてくれた。桐也の中で、自分にすら気づかないまま深いところでずっと眠りつづけていた、誰かを好きになる、大事に思う感情。そうして、愛してくれた人に応えようという気持ち。

従兄の持っていたのはそれだけではないのだろうけど、たしかに一つは見つけられた。

（それで、充分だ）

クリストファーの帰国後にどうするかは、まだ決めていない。話が具体的になったら、あらためて考えようと、桐也が頼んだ。

今はまだなにも決められない。一緒にいたいと、それしか考えられない。それでいいとクリストファーも言ってくれたし、二人でゆっくり考えていこうとも言ってくれた。

「今日、これからでかけるんですよね？」

「観覧車、乗りに行くんです」

護衛はつけてもらう。もうあんな思いはたくさんだ。そのかわり、観覧車の中では二人きりになれる。それでいい。

売りものの鏡に映った自分の顔は、ずいぶんと嬉しそうだ。少し照れて、それでも、こんな顔ができることが、なによりの幸福だった。

カジノと薔薇の日々

カジノホテル、『グランデ』。クリストファーと達見《たつみ》が開業したそこは客室にカジノというメインの設備はもちろん、プールやジム、エステティックサロンなども充実していて、一流シェフを抱えるレストランの評判もいい。

開業して半年、様々なトラブルはありつつ、順調な運営を続けている。

山路槙《やまじまき》は二階奥にある支配人室で、堆《うずたか》く積まれた書類と格闘を続けていた。

このホテルに名前をつける段階で、達見弘斗《ひろと》とクリストファーの経営者二人が揉めに揉めた。クリストファーはいちばん好きな薔薇、グランデアモーレの名前をそのまま使おうとし、達見が「どこのファッションホテルだ」と反対した。どちらも譲らず延々と揉めつづけ、期限ぎりぎりになってようやく、名前は『グランデ』だけにし、その代わりマークに薔薇の意匠を使うことで決着がついた。

庭には達見の持つ薔薇園よりさらに大きな温室をつくって薔薇を育て、あちこちに薔薇のモチーフが使われている。これもやりすぎるなと念押しした達見と派手にしたがったクリストファーとで揉めていたが、さすがに一流のデザイナーに依頼しただけあって、上品に仕上げられていた。

槙がふだんすごす支配人室の広い窓からは、中庭の様子が眺められる。壁一面には窓の外の光景とはまるで正反対の、監視カメラの映像が映しだされていた。

異常があれば脇の赤いランプが灯る。警備員は優秀なのでほとんど大事になることはなく、彼らで収まらなければ主任である達見が呼ばれる。

達見はカジノホテルの経営者でもあるのだが、表に立つのは柄じゃないとか面倒だとか言ってクリストファーや槙に任せ、自分は代表取締役兼警備主任という不思議な役職に就いた。

監視カメラの一つが、達見の姿を捕らえた。槙は映像に目を止め、レンズ越しの彼をじっと見入る。

まっすぐに伸びた背、急いでいるようには見えないのに素早く動く姿、厳しく端整な横顔は何年ともにいても惚れぼれする。

そうして映像を眺めていればそのうちこちらを見てほしくなり、声が聞きたくなってしまうのが常だ。

今朝も同じ部屋から出勤してきたというのに、いつまでも飽きずに見ていられる自分には呆れるほどだった。

達見の強い希望で彼と養子縁組をし、槙の今の正式な名前は達見槙となっている。仕事をする上では未だにこの土地に縁深い山路姓でいるほうがなにかと便利なので、書類以外で達見姓を名乗ることはほとんどない。

山路家とも、完全に縁を切った。けれどお互いの利益のため、唯一の血縁である姉とは、誰かに訊かれれば未だ連絡をとりあっているふうを装っていた。

山路家の名前であれなんであれ、達見のためならば利用するのに躊躇はない。

「……っと、いけない。仕事しないと」

ぼんやりと見惚《みと》れている場合ではなかった。槙は瞼《まぶた》の裏にある残像を消そうと、ふるりと首を振った。

決済を待つ書類はちっとも減らない気がする。せっせと処理しても、気づけばまた増えている。勝手に増殖しているのではないかと疑ってしまうほどだ。これらすべてに目を通し、その場で処理するかもしくは達見やクリストファーたちにまわすかを決めなくてはならない。寄せられる意見や苦情などもすべて槙の元へまわされてくる。案外と雑用が多いのだな、というのが実際に職務に就いてからの感想だった。

本当はここに、達見が座るべきだと思う。本国との往復が忙しいクリストファーはともかく、達見はこの国にほぼ永住するのを決めているので、とりたてて不自由もない。

ただ本人が、表舞台に立ちたがらないだけだ。

(みんな、困ってるのにな)

従業員たちの困惑する様子を思いだすと、気の毒にとは思うが少し可笑しい。

彼らは全員、達見が経営者であるのを知っている。自分たちの職を左右する相手で、しかも達見は他を圧倒するような、厳しい雰囲気の男だ。実のところ公平だし無用に怒ったりもせず、むしろ気質は穏やかでさえあるのだが、外見の印象はなかなか拭いがたいらしい。

おかげで達見に話しかけるのは躊躇してしまうようだが、彼は警備主任でもあるので、なにかと話さねばならない用事ができる。従業員たちが必要以上に緊張しながら達見と話している場面を、何度となく見かけた。

クリストファーに言わせれば、槙が柔らかい分、達見は険しくてちょうどいいらしい。

ノックの音がする。槙は顔をあげ、ドアへ向かってどうぞと告げる。入ってきたのは制服に身を包んだ、カジノのフロア主任だ。

「支配人、今よろしいですか？」

「かまいませんよ、どうぞ。なにか問題でも起きましたか」

彼の困った顔を眺め、槙は軽く首を傾《かし》げて訊ねた。クリストファーや達見が直接選んだ従業員たち、中でも主任クラスは選りすぐりの有能さを誇る。その彼が、こんな表情を浮かべるのはめずらしい。

「問題というほどではないのですが。というより、今のところはまだ」

「どうぞ、遠慮なく話してください」

達見よりも槙のほうが話しやすいのは、考えるまでもなかった。それは立場だけでなく、二人の雰囲気の違いだ。緊急の案件でなければ、どんな問題であれ達見より槙に持ちこまれるのはいたしかたない。

「お客様同士で口論されました。男性のお客様はすぐに帰られたのですが、女性のお客様がその場で蹲《うずくま》ってしまわれましたので、別室に案内しております」

その程度なら、よくある話だ。ここはカジノで、高額な金銭を得たり失ったりする場所だ。欲が絡むと揉めごとが増えるのは世の習いで、従業員たちも対処には慣れている。

「それでいいと思いますが、なにか？」

開店したてのカジノフロアでカップルが口論をした。男はなにごとかを怒鳴って出ていったが、女性のほうがその場に蹲って動かない。

あまりにも動かないので具合でも悪いのかと声をかけたが、大丈夫だと首を振るばかり。どうにか宥《なだ》めすかして応接室へ案内したものの、促されてソファに座るなり、一言も口を利かず動こうともせず、ひたすら俯いているばかりだ。

「放っておいてことが起きてはまずいですし、どうしたらいいでしょう」

「すぐに行きます。なにか甘いものを用意してください。お茶はだしてありますね？」

「ええ、もちろん」

「そうですか。お代わりを持ってきてください。私の分も一緒に」

酔客が暴れるだとか、客同士の暴力沙汰だとか。はては盗難、カジノへの脅迫とトラブルの種は尽きない。

カジノ街にはカジノ街のルールがある。この地域の揉めごとは経営者の団体がつくる組合で片づけることになっているし、敷地内でのできごとには店が責任もって対処する。外に迷惑をかけず、この街の評判もおとさないのがなにより重要だ。外部の人間にコントロールされることは好まないので、警察の手も借りない。

厄介な問題も種々あるうちで、このくらいは些細なものだ。ほっとして、槙は応接室へ向かうべく支配人室を出た。

フロア主任が言っていたとおり、女性客はソファに座ったまま、槙が入っていっても顔すらあげなかった。ドアは半分ほど開けられていて、中には従業員が一人、無表情で立っていた。槙は部屋に入るとすぐ従業員をさがらせ、できるだけそっと声をかけた。

「お待たせしました。支配人の山路槙です」

山路と名乗ると、彼女ははっと顔をあげた。この苗字に反応したのを見ると、地元の人間なのかもしれない。

槙の外見は二十代なかばをすぎても相変わらず柔らかく、人に緊張も警戒もさせない。女性相手に話をするには適役だ。クリストファーがいれば女性の扱いに慣れた彼に任せられるのだが、残念ながら今この場にはいない。

当初の予定では、クリストファーはカジノホテルの完成、営業開始を待って本国へ帰国するはずだった。予定が変更となったのは楡井《にれい》桐也《きりや》がここにいるからだ。おかげで達見や槙の仕事はだいぶ楽になっている。

何年かしてカジノホテルも軌道に乗り、すべて任せられる人材でも育てば別なのだが、開業して一年に満たない今はまだ、彼の存在はなにかと必要だった。

だされたお茶とケーキには手をつけないまま、けれど彼女は顔をあげ、迷う様子を見せながら槙を見つめている。

「なにも言わなくてもかまいませんが、お話があれば遠慮なくどうぞ」

槙はつとめて表情を和ませ、自分にも同じものを運ばせたケーキに口をつけた。

「……面倒をかけて、ごめんなさい」

「いいえ。どうぞ気になさらないでください。お加減は大丈夫ですか？」

フロア主任によると、男性客のほうは店の常連らしい。今のところまったく問題はない客で、トラブルになったのも今日がはじめてということだった。

彼女がこくりと頷いたのに、槙は「それはよかった」と応じた。

「医師は常駐させていますが、なにもないのがいちばんですしね」

「あの——」

槙の声に被さるように、彼女が言った。

「なんでしょう？」

とにかく彼女をおちつかせ、穏便に帰ってもらうのが肝要だ。槙はごくかすかに身を乗りだし、話を聞く体勢をとった。

三十分ほど話をして、彼女は帰っていった。内容自体は最初の数分で把握でき、あとは同じ話をくり返されただけだ。槙にできたのは話を聞くことと、それにグランデが契約しているカウンセラーを紹介することだけだが、万一の際の相談相手ができただけでも、気分が軽くなったのかもしれない。

槙は支配人室へ戻り、読みかけの書類を手にとった。だがあまり集中できず、頭はつい、さきほどまで会っていた女性のことを考えてしまう。

「海外で学んできたっていうだけで安心されちゃうのも、なんだかなあ」

カウンセラーは日本人だが、クリストファーが本国から連れてきた男だ。ずっとあちらの病院に勤務していたらしい。

精神科医というと敷居が高いので、紹介する際にはカウンセラーと伝えている。その医師ともう一人、内科医はホテルの一角に診療所を設け、常にいてもらうように契約していた。

話自体はよくあるできごとだった。彼女などおとなしくて拍子抜けするほどだ。中には、破算したのはカジノのせいだと怒鳴りこんできたり、刃物を振りまわす輩もいる。

ブラックリストに載るような客ならば出入り禁止にもできるが、問題のない成人客では、こちらにはなんの手も打てない。当事者同士でよく話しあってくれとしか伝えようがないし、上手く伝えないと無責任だとよけい怒りに火を注ぐはめになる。

今日は、どうにか上手くできたようだ。いちいち同情しないこと、と、クリストファーや仕事をはじめるまえについた指導員にも何度も言われたけれど、他人事とつきはなして考えるのは、なかなか難しい。

槙がなにかとひきずりがちなのは達見たちも知っている。クリストファーなどは、「キリヤと立場が逆ならよかったんだけどねえ」と笑っていた。槙の友人でもある楡井桐也は柔らかな表情に反して案外とシビアで、他人は他人、という割りきりかたには驚くくらいだ。

ホントに、楡井さんみたいにできたらいいんだけど。

達見たちの足をひっぱらないように、もっとしっかりしないと。槙は日々自分に言いきかせている言葉を、もう一度自分の胸に刻んだ。

ゆったりしたノックと同時に、ドアが開いた。ノックのしかただけで相手が誰だかわかる。槙はぱっと顔を輝かせ、席を立った。

「弘斗さん」

達見がこちらへ来るより早く、槙は小走りに彼へ近づいた。傍へ行けば、どちらからともなく自然と唇が重なる。さすがに職務中なのでごく軽くだが、それでも周りに誰もいないならキスを交わさない理由などない。

「忙しいか？」

唇が離れると、達見が訊ねた。

「いいえ、ぜんぜん。書類と格闘してただけです」

槙は机の上の書類を指で示す。達見が苦笑いを浮かべ、いたわるように槙の髪を撫でた。

彼の手のひらの心地よさに誘われ、槙はつかのま目を瞑《つむ》る。

「なにかあったの？」

さっきの今だ。たてつづけのトラブルなど、できれば遠慮したい。槙が訊ねると、達見はひょいと片眉を動かした。

「いや。休憩しに来ただけだ」

「よかった」

槙のいる支配人室は警備室と同じモニタが設置されているから、ここでなら休みながらでも場内に目を配れる。

達見は防犯システムに設計段階から加わっていて、誰よりも詳しい。カメラがどう動き、どこに死角があるかまで熟知しているから、モニタをどう見ていけばいいかも当然、わかっていた。

「コーヒー、淹《い》れますね。なにか軽いものでも食べます？」

レストランもルームサービスも充実しているし、カジノでも軽い食事を摂れるコーナーがある。その恩恵に与り、空腹になれば電話一本で食事を運んでもらえた。

「今もらっただろ」

「えっ……？」

なんのことだ。槙が目を瞬かせると、達見はとんとんと指で自分の唇を叩いた。

「それじゃお腹は膨れませんよ」

うっすらと頬を赤らめ、槙は拗ねて唇を尖らせる。

「あれで充分。腹は減ってない」

達見はソファに腰をおろし、槙が用意したカップを手にとった。

ぽつぽつと話す内容の大半は仕事に関わるものだ。従業員たちから聞いた話や、客からの要望、小耳に挟んだ噂話などもある。

雑談まじりのこういった時間に、重要な話の打ちあわせもすませてしまう。

「クリスはどこ行ってやがる」

ティレニアホテルのスイートからはとうに越し、クリストファーはこのホテル内に居室を持ち、日本での仕事の拠点として市内の中心地にオフィスもかまえている。相変わらずのホテル暮らしは、そのほうが楽だからという端的な理由だ。

「今日はまだ会ってませんよ。部屋にはいませんでした？」

「さっき電話したんだが、繋がらなくてな」

槙はちらと時計を確認した。そろそろ夜十時になる。オフィスからはとうに出ているだろうし、夕食はすんでいるだろう。部屋やジムにもいないとなると、残る可能性は一つだ。

「楡井さんとご一緒なんじゃないですか」

楡井桐也と一緒にいるなら、電話にでなくても不思議はない。桐也の仕事ももう終わっている時間だし、今どうしているのかは想像するだけ野暮だ。

「またしばらくあちらに戻るから、今のうちにって言ってましたよ」

槙が話すと、達見は顔を顰めて長々と嘆息した。

クリストファーは現在、本国と日本とを往復する忙しい生活を送っている。いずれ桐也を説得して彼ごと本国に戻る目論見ではいるようだが、まだ説得には成功していない。

『あいつが持って帰れなかったモノなんざ見るのははじめてだな』

達見はクリストファーと桐也の攻防を、楽しげに眺めている。彼自身がもうずっと以前に日本から本国へ「持ってかえられた」人間であるので、およそクリストファーの思惑どおりにいかないのが面白くてたまらないらしい。

槙はどこにいようと達見がいてくれたらそれでいいのだが、桐也は槙ほど無謀ではないので、生まれそだった国を離れるのになかなか決意がつかないようだ。ここや家族に未練があるわけではなく、愛情の深さとも関係がない。安定を求める桐也と、意外と暢気で楽観的な槙の違いなのだろう。

槙にはそもそも自分の家や居場所などずっとなかったから、定住しようという意識自体が稀薄なせいでもある。

「急ぎの用があったんですか？」

「いや。休暇の話をしたかっただけだ。できるだけ早いほうがいいんだがな。ぎりぎりになると、打ちあわせだのあとの処理だのが面倒になる」

「休暇？」

達見が休暇をとるなんて話は聞いていなかった。クリストファーに伝えるというほどだから、それなりに長い日数なのだろう。槙は首を傾げた。

「ああ。できれば半月くらい」

「そんなに長く？　どこかへ出かけるんですか」

用事があるならしかたないが、寂しいな、と、とっさに思う。家でも仕事ででも、いつも達見の気配が傍にある生活に馴染んでしまっているから、彼がいないととても寂しい。

同じ部屋で暮らして、同じ場所に出勤する。仕事中は忙しく離れていることが多いとはいえ、いいおとながこれほど四六時中一緒にいて、たかが半月ばかり離れるのを寂しがるなど、贅沢な話なのだろう。けれど、寂しいものは寂しいのだ。

「まだ決めてない。どこか行きたい場所はあるか」

「えっ？」

「おまえも一緒だ。決まってるだろ」

目を瞠った槙に、達見は当然だと言いたげに答えた。

開業してからはずっと忙しかった。このごろようやくおちついてきたので、そろそろまとまった休暇をとってもいいころだ。しばらく仕事を忘れて二人きりですごしたい。

「でも、警備主任と支配人が二人ともいないなんて、大丈夫なんですか」

旅行はしたい。どこかへ行くというより、仕事を忘れてのんびり羽を伸ばせるのがとても魅力的だ。休みであってもなにか起きれば呼びだされる生活を続けていて、忙しく充実した日々を送ってはいるけれど、たまにはなにもかもを忘れてみたいと思う。

「半月のバカンスなんざ、それほどめずらしくないだろ」

達見がいなくてもクリストファーがいる。彼と彼の優秀なスタッフが采配すれば、しばらくの不在などたいして問題にならない。まして槙の仕事なら、槙でなくてもかまわないと自覚している。他の誰がなんと言おうと、槙にとって、このホテルの主軸は達見でありクリストファーだ。

そして槙はもちろん従業員たちも、最後は達見を頼りにしている。クリストファーだって充分すぎるほど務まる役割だが、それでも彼のいないグランデなど想像がつかない。

達見にも休暇をとる権利はある。そこに槙を同行しようというのはとても嬉しい。けれど、さすがに半月ともなると長すぎるのではと戸惑った。

「俺もおまえも、クリスにだって代わりはいるさ。誰だろうと、能力の差はあっても代わりのない奴なんかいねえよ。そうじゃなかったら、会社が潰れちまうだろ」

「そう、……ですけど」

「俺たちのどちらが欠けても困らないだけの準備はしてある。ここ以外の仕事もだ。二人で組んで仕事をはじめてから、ずっとな」

達見はいったん言葉をきって、槙をまっすぐに見つめた。

「ただし、俺にとっておまえの代わりはいない」

「弘斗さん」

槙の顔にぱっと朱が散った。

「倒れられちゃ困るんだ、たまにはゆっくり休め。緊張ばっかりしてると、そのうち折れる。上手く休むのが長く続けるコツだ」

すごく、嬉しい。けれど、本当にいいのだろうか。しばらく仕事を忘れるのはいいが、あまり長いと、本当に忘れてしまわないだろうか。

槙は達見たちと違い、このホテルでの仕事に就くまで、まったくなにもしてこなかった。山路家に閉じこめられたまま、土地を護るという名目で、ただ存在していただけだ。数年かけて叩きこんだ仕事のあれこれを、未だに完璧にこなせているとは言いがたい。

地位はともかく、気分的には新米のままだ。

「せめて三日くらいにしません？」

「それじゃふだんの休みと変わらんだろうが。ぎりぎり譲歩して十日だな」

「長すぎます。だったら五日くらいとか」

五日でも長いが、ふだんから週に二日は休みだ。そこに三日間の休暇を足せばいい。

「話にならんな」

「だって」

「クリスはふだん遊びまわってやがるんだから、たまに使ったってかまわん。警備もあいつが誰か連れてくるだろうさ」

国内じゃなにかと呼びだされる可能性があるから、海外がいいか。なるべく連絡のとりづらい場所にしてやると言いはなった達見に、槙がどうにか日数を減らそうと言いつのる。

話しあいは平行線で、どちらも譲らなかった。

「だったら、カードで決着つけるか？　勝ったほうの希望で日数を決めるってのはどうだ」

「嫌です。だって弘斗さん、負けたことないのに」

達見とカードで勝負するなど、配るまえから勝敗は見えている。

「俺と直接とは言わないさ。俺の代わりはクリス——じゃ無理だから、楡井さんでどうだ」

「……はい？」

どうしてそうなる。唐突にだされた名前に、槙はきょとんと目を瞬かせた。

賭けようという話がでてから二日後。せっかくだからせいぜいドレスアップしてこいと完全に面白がっている達見に指示され、槙はパーティー用のスーツに袖を通した。生地は柔らかく艶のある黒で、槙が着るととても華やかに見える。

＊　＊　＊

煌《きら》びやかなカジノフロアを、槙はいつもより緊張しながら歩いた。スロットマシン、ルーレット、カードのテーブル。それぞれの場所に人が集まり、賑やかに遊んでいる。ところどころに薔薇の花が飾られていて、従業員たちの制服にも、ポイントで薔薇の意匠がある。

未成年は入れない。完全なおとなの遊び場だ。

人混みを優雅に、しかし素早く動くウェイターの姿をあらためて眺めて、さすがだなと感心した。トレイにグラスを載せ、一滴もこぼさず動くなど、槙にはとてもできない芸当だ。

すっと近づいてきたのは、フロア従業員の一人だ。

「支配人、ご案内しましょうか」

「なにか達見さんから聞いてるの」

「いえ。エドワード様がさきほど来られまして、支配人がちょっとした勝負をするからと言われました」

「そう」

クリストファーが来ているのか。槙はため息をついた。桐也を招いておいて彼が顔をださないはずもないが、いったい達見はどう話をつけたのだろう。

「支配人、カードに自信は？」

「まったくないよ。ただルールを知ってるってだけ」

いいカモだろうねと言いかけ、カジノの支配人が言う言葉じゃないなと慌てて喉の奥へ呑みこんだ。

槙はいちばん奥、VIP用のコーナーにあるカードテーブルについた。どうしてか、注がれる周囲の目がちくちくと痛い。

「すみません、こんなことに巻きこんでしまって」

先に着いていた桐也に頭をさげると、彼はにっこりと笑った。

「かまいませんよ。どうせ暇ですから」

ただ、と、桐也が声をひそめる。

「なんだか、やたら見られてるんですけど」

「俺も、実はさっきから気になってます」

槙も桐也にあわせ、小声で答えた。

槙が支配人であることは、客たちにあまねく知られているわけではない。とりたてて問題のないかぎり、宿泊にしろカジノで遊ぶにしろ、支配人など誰であろうと関係ない。それでも衆目を集めてしまうのはどうしてだろう。

「クリスさんか達見さんが、なにかしたのかもしれませんね」

槙が達見を弘斗という名前で呼ぶのは、二人きりのときか、クリストファーや桐也といるときだけだ。

「あの二人、並んでるだけで目立つんだから、少しは自重してくれたらいいのに」

槙が続けて話すと、まったくです、と桐也が応じた。

二人はＶＩＰコーナーの片隅で、意味ありげに笑いながらこちらを見ている。二人とも長身で端整、その上黒と金のコントラストが見事なので、一緒にいるだけで人目を惹く。

しかもクリストファーはこのホテルの看板で、槙などよりずっと顔が知られている。彼らがいかにも「なにかあります」といった態でＶＩＰルームなどにいれば、注目を浴びるのもしかたないかもしれない。

カード勝負だけなら、支配人室でも仕事あとに家でしてもよかったのに。どうして営業中の自分たちのカジノにいなくてはならないのかと、今さらながらに思う。

どうせ、クリストファーが面白がって大事にしたのに違いない。

「一発勝負でいいですか？」

目的は勝敗をつけることだけだ。チップを賭ければ金額を吊りあげたり降りたりと駆けひきが面倒だし、だいいち長くなる。一発勝負で手札の強いほうが勝ち、それがいちばんてっとり早い。

「なんでも。こちらは勝っても負けても関係ないので気楽ですよ」

「俺ができるのはポーカーとブラックジャックだけですけど、楡井さんは？」

「どちらでも。クリスに教わっただけなので、あまり詳しくないですが」

「ああ、クリスさん強いですよね」

クリストファーはカードゲームで負けたことはないと自称していた。クリストファーにしろ達見にしろ、カジノの経営者としてたいした資質だ。もっとも、オーナーがギャンブルに興じていては話にならないので、つきあい程度にしか遊んではいない。

「ではポーカーで。ええと念のためですけどマイクもつけてませんし、鏡も合図ももちろん用意してません。調べます？」

ここは、いわば槙のテリトリーだ。桐也もなかば関係者だが、カジノホテルに直接は関わっていない。場所だけの条件なら有利なのは槙で、不正をしようと思えばいくらでもできる。だから槙はあえて「していない」と宣言したのだが、桐也は気にしていないと笑った。

「それとディーラーはうちの店の者ですが、かまいませんか」

「こちらは一向に、というか、大丈夫ですって。さっきも言いましたけど、俺は勝っても負けてもどっちでもいいんですよ」

「そうでしたね」

槙は苦笑を浮かべて答えた。そうだった。桐也は巻きこまれただけで、勝負に勝とうが負けようが、彼には得るものも失うものもない。

「だったら、俺が勝ったらいちばんいい部屋にご招待します」

「あはは、それは嬉しい商品かもしれません」

「楡井さんが勝ったときのことは、達見さんに訊いてください」

言いながら、槙はちらと達見へ視線を流した。彼は無表情のまま、口の端だけを吊りあげる。

（あぁあ、負ける気ぜんぜんないって顔してる）

達見は桐也の腕を知っていて、それでこんな勝負を持ちかけたんだろうか。

（でも楡井さん、さっきあまり詳しくないって言ってたし）

桐也がこんなことで槙を騙すはずがない。では他になにか根拠でも……？

まさか、俺がものすごーく弱いって思ってるとか。

考えついて、槙はげんなりした。たしかに達見に勝てたことはないけれど、達見が特別強すぎるせいだ。

ディーラーがカードを切りはじめると、どうしてか気分が昂揚する。たかだか休暇の日数を賭けているだけなのに、妙なわくわく感がある。

（のめりこむタイプだったのかなあ）

ここまで場をつくられると、カードの勝負が楽しくなってくる。上手くないとわかっているからギャンブルにはいっさい手をだしていないけれど、案外とはまるたちだったのかもしれない。

ディーラーがカードを配った。槙はごくりと喉を鳴らし、受けとった手札をじっと睨む。ダイヤのJとクローバーのK。残りの数札は4のワンペアと8、運があるのかないのか、微妙なところだろう。

そっと桐也を窺うが、彼の表情はまったく変わらない。槙は身体中を緊張させ、交換するためのカードを選んだ。


カジノでの勝負もあっさりと終わり、その後戻った仕事も片づけた。疲れきって部屋へ戻ると、一足先に帰っていた達見が槙を迎えてくれる。

「俺が特別にカードに弱いのか、達見さんたちが強すぎるのか、どっちなんでしょう」

「さあ。俺は勝てる勝負しかしないから負けないだけだ」

ポーカー勝負の結果は惨敗。槙はワンペアのまま、桐也はなんとQのスリーカードだった。ついていただけですと彼は笑っていたけれど、槙はがっくりと肩を落とした。

やけに自信ありげだった達見の様子から、ひょっとして彼がなにかしかけたのではと疑ったが、当人を問いつめても潔白だと言うばかりだ。

勝負の結果を知った従業員たちには、「支配人はカードには向いてないようですね」とか、「今回はアンラッキーでしたね」だとか声をかけられ、彼らが結果まで知っていたことに気づかされた。

まったくもう。この分なら、休暇の日数を賭けての勝負だったことも、知られているのかもしれない。考えただけで、どこかに埋まってしまいたくなる。

「勝てる勝負って、その判断ができないんですよ」

「だったら、ギャンブルには手をださないことだな」

「だしてません。今回は、弘斗さんにさせられただけです」

達見は槙の肩に手を置き、顔をさげてきた。槙が上向くとすぐに唇が重なり、軽やかな音をたてて離れる。

「ま、なんだ。ギャンブル好きじゃなくてよかったじゃないか」

「ホントです」

あなたの言うことではないだろう。拗ねて睨んだが、怒るふりもどうせ長くは続かない。

槙が室内着に着替えるあいだも達見は傍にいて、髪や頬に触れてくる。よほど、勝負に勝って楽しいようだ。

これで、達見の言うとおりに半月の休暇をとることになった。すでにクリストファーには伝え、日程の調整を頼んである。

考えてみれば、クリストファーはこのせいで半月はホテルの仕事に釘付けだ。槙が負ければ面倒なだけなのに、よく桐也を貸してくれたなと、今さらながらに感心してしまった。

休暇をとるとらないなどより、勝負に負けたのが悔しかった。とっさに、もう一勝負、と喉まででかかったほどだ。

ギャンブルにのめりこむというのは、ああいう気分なのかもしれない。稼ぐとか稼がないだとかもあるが、それ以前に勝負ごとの気配に酔い、勝ちたいと思ってしまうのだ。

二人とも食事は仕事中にすませていたので、着替えてしまえば寝室へ直行だ。槙がベッドに転がると、すぐに達見が横へ身体を滑らせてくる。

肩を抱かれるまま、槙は彼の胸元へ頬をすりよせた。

「そういえば一昨日、カジノであった話なんですけど」

「うん？」

ふと思いだし、一昨日現れた女性客の話をした。カジノで口論していたカップルの片割れの件だ。

あのとき聞かされたのは、もう婚約寸前という仲の恋人がカジノに通いつめ、余暇のほとんどをすごしているのが怖くてしかたないという話だった。

「ギャンブルにのめりこみすぎて怖いって、泣いてたんです」

槙ができるのは、話を聞くことだけだ。ただずっと話を聞いて相槌を打ち、彼女がおちつくのを待った。

暴力はふるわない、ふだんは相変わらず優しい。けれどいくら止めても、ここへ通うのをやめようとしない。今はまだいいが、そのうちのめりこみすぎて人生を狂わせてしまうのが怖いから、なんとかしてやめさせたい。

やめてくれないなら別れるとまで言って必死で止めたのに、怒って一人で帰ってしまった。どうしたらいいかわからなくて途方にくれ、ちっとも話を聞いてくれない男の様子がつらくて悲しくて動けなくなった。

「別れるって言ったのにってずっとくり返していたから、それでも聞きいれてくれないのがショックだったんだと思いますけど」

「よくある話だな。怒鳴りこまれるのもしょっちゅうだろうが、まあ、今回は騒ぎにならなかっただけマシか。そいつの人生はそいつのモンだ。責任も持てない赤の他人が口をだす問題じゃない」

どんな結果になろうと抱えこむ覚悟がなければ、難しい問題には触れられない。だからこそ、契約しているカウンセラーを紹介したのだ。

カウンセラーはよろず相談所を自称している。本当はすぐ彼に会わせてしまうのがてっとり早いのだが、相手が客であるかぎり、責任者が話を聞いたという形がまず必要だった。

こういった話は、専門家に任せるしかない。たとえ彼女が怒鳴りこんできたのだとしても、辛抱強く話を聞いて、穏便に帰ってもらえるようにしただろう。実際、毎度そうしていた。

客の事情も資産状況もこちらには関係ない、ルールを守ってくれるかぎり断る理由はないなどと事実を話してしまえば、相手の怒りに火を注ぐだけだ。

結局、こちらはなにもできない。

「自制心の弱い奴は現金を財布に入れない、カードは預けておく。それしかないだろうな。ギャンブルなんざ胴元が儲かるようになってんだ」

「そうじゃなかったら困ります。経営が傾いたらクリスさんに怒られちゃう」

「腕と運があれば勝てるぞ。毎回とは言わないけどな」

「腕なんてないのは知ってるくせに。運は、違うところで使いたいからとっておくんです」

「うん？」

槙が悪戯めかして言うと、達見が軽く目を瞠った。

「弘斗さんと会えたのが、すごく幸運だったから。それでもうだいぶ、運は使っちゃったんですよ。あとは、ずっと一緒にいられるためにとっておきます」

額を彼の胸にあて、ふざけてぐりぐりと擦りつける。じゃれる槙にくすぐったいと言いながら、達見はぎゅっと足を搦めてくる。

「やっ」

脚のあいだが擦れて、ぞくっと背筋が慄えた。

「腕のいいディーラーを雇って、不正はしないしさせない。客が危ない目に遭わないよう、防犯には徹底的に気を遣う。できるのはそれだけだ」

「は、い」

声が上擦ったのは、なおも悪戯してくる彼の脚のせいだ。これでは話ができない。抱きつきたいのをこらえて身体を少し離そうとすると、達見は槙を解放してくれた。

「ところで、本当に半月も休暇とるんですか？　クリスさんはなんて？」

「ぐずられたが、了解はとった。どうせなにか代わりの条件でも突きつけてくるんだろうさ。あの野郎、にやついてやがったから、ろくでもないことでも考えてるんだろうが」

「大丈夫なんですか？」

クリストファーの発想はときどきついていけない。今回ははたしてどんな条件がつくのやらと心配だ。

「無茶な話なら却下する。どうせ他にも仕事があるんだ、半年だの一年だの休ませろってのは、はなから無理だしな。カジノの仕事から手をひくってのもナシだろう」

「どうして？」

「楡井さんが、うちのホテルと契約してるからな。クリスがどう言ったって、あの人は当分は動かんだろう」

クリストファーにふりまわされているように見えて、実は逆なのではないか。あのクリストファーが思うようにいかずに狼狽《うろた》えたり頭を抱えたりしているのが、楽しくてたまらない。達見は心底面白そうに言った。

「弘斗さん、楽しそうですね」

「ああ、ものすごく楽しいね」

あのクリストファーをふりまわせる人物がいるなど、槙にとっても驚きだ。したいようにすると宣言して、実際そのとおりにしていた男だ。

「まあ、クリスにはいいんじゃないのか？　思いどおりにならないようなことが一つでもあったほうが、はりあいがあるってモンだろ」

俺はとりあえず、休暇がとれりゃどうでもいい。達見が言って、槙の頬に額にとキスを降らせる。さっきほどいた脚をもう一度搦め、槙の腰を抱いた。

「楡井さんが勝つって、どうしてわかってんたです……？」

どうしても聞いておきたいことは一つ。唇に重なろうとする彼の口をそっと手のひらで押さえ、槙は達見へ訊ねた。

「クリスに教わってる。で、教えたあいつが、かなりやるぞって言ってた。本人には、言ってないらしいがな」

桐也はとにかく彼自身に自信をもてない男で、だから実力のほどは保証されないかぎりたいしたことはないと思いつづけるはずだ。

『僕のいない場所では絶対カードに触らないようにって、それだけは頼んであるからね。たぶん、桐也は自分がどれだけ強いかも知らないはずだよ。とにかく勘がいいんだ』

チップを賭け、降りたり吊りあげたりするカジノルールで勝負をしても、いいところまでいくだろうと、クリストファーのお墨つきらしい。

ギャンブルに関しては、下手に強いと思わないほうがいい。それで食っていく覚悟でもあれば別だが、万一にもいらぬ勝負をして負けてしまっては身を持ちくずす。そんな事態を防ぐため、クリストファーは桐也には彼の強さを話していない。

「ずるい」

「ずるくないだろ、別に」

桐也の腕を事前に教えてくれなかった、と拗ねれば、相手を選ぶのも勝負のうちだと達見が笑う。槙の場合ははっきりと上手くないので、もうどうしようもない。

悔しくて彼の肩を囓ると、「痛いだろ」と軽く髪をひっぱられる。それでもやめずにしばらく歯をたて、達見が降参と言うまで続けた。

「悪かった。この詫びは休暇中にいくらでもしてやる」

「ホントですか？」

こうしていられれば、もう充分。他にはなにもいらないけれど、詫びをくれるというなら期待する。槙は達見に甘やかされるのが好きだ。丸一日、仕事もぜんぶ忘れてべったりと甘やかされたら、きっとものすごく楽しい。

「すっごく楽しみにしてます」

「やっと乗り気になったか」

苦笑いの達見に、槙はちらりと舌をだした。

「二週間も空けたら、仕事忘れちゃいそうで心配だっただけです。それに、みんなが仕事してるときに、悪いなー、とか」

「気持ちはわからないじゃないが、たまには俺だけ見てくれてもいいだろう」

一年に一度でいい。ぜんぶ忘れて、俺だけを見てくれ。真面目な声で言われて、かあっと頬に朱が散った。

「仕事熱心なのはいいが、放っておかれるとつまらないんでな」

「莫迦、もう」

知りません。顔だけでなく耳も首筋も赤く染めたまま、槙は達見にしがみつく。許されるならいつでもどこででも、達見だけを見ていたい。

休暇中、望まれるならずっと、彼のことだけを考えていよう。迷惑をかけるだろう従業員やクリストファーにごめんなさいと心中で謝り、槙は二週間の休暇へと思いを馳せる。

予行演習だ。達見が戯《おど》けた声で言って、槙の腰を強く抱いた。

あとがき

こんにちは。もう頁がぎりぎりなのでさくさくいきましょう。

カジノの話が書きたいとひょっこり思ってしまったのがはじまりで、こんな話になりました。なんの因果か延々とトラブルに見舞われまして、一時はどうなるやらと頭を抱えていましたが、どうにか無事、エンドマークがつきましたです。

実は当初、達見と槙の二冊目の時点で、半分くらいはカジノが建ってからの話にしようとぼんやり考えていたのでした。で、いざ話をつくってみてから気がついたんですが、更地からホテル建てるのに、半年やそこらでできるわけないんですよね（阿呆だ）。そして建物が完成したあとだとすると、くっついてから何年も経ってるんですよ……。もう初期の初々しさなどない時期じゃないですか。結局、まえの二冊は達見と槙の話で費やしましてこの三冊目、クリストファーを書くかカジノができてからの話にするか、迷ったのですがこうなりました。ああもう、ホントに書けてよかったです。

様々な形で協力いただいた皆様、シリーズ三冊をとても美しい絵で飾ってくださったサマミヤ先生、ご迷惑ばかりおかけしている担当様、本当にありがとうございました。

未だに至らない部分も多いのですが、少しでも楽しんでいただければ嬉しいです。

どこかでお会いできることを祈りつつ、それではまた。

✦初出　指先に薔薇のくちびる……………書き下ろし
カジノと薔薇の日々………………書き下ろし

坂井朱生先生、サマミヤアカザ先生へのお便り、本作品に関するご意見、ご感想などは
〒151-0051 東京都渋谷区千駄ヶ谷4-9-7
幻冬舎コミックス　ルチル文庫「指先に薔薇のくちびる」係まで。

幻冬舎ルチル文庫

指先に薔薇のくちびる

2011年8月20日　第1刷発行

✦著者　坂井朱生　さかい あけお

✦発行人　伊藤嘉彦

✦発行元　株式会社 幻冬舎コミックス
〒151-0051 東京都渋谷区千駄ヶ谷4-9-7
電話 03(5411)6432[編集]

✦発売元　株式会社 幻冬舎
〒151-0051 東京都渋谷区千駄ヶ谷4-9-7
電話 03(5411)6222[営業]
振替 00120-8-767643

✦印刷・製本所　中央精版印刷株式会社

✦検印廃止

ISBN978-4-344-82302-0　C0193　Printed in Japan